SYGNE

MIKE

Collection dirigée par Thierry Laroche

EMMANUEL
GUIBERT

MIKE

RÉCIT

SYGNE GALLIMARD

J'ai dessiné chaque jour, en surabondance, pendant une cinquantaine d'années. Je pensais ne jamais cesser de le faire à moins d'y être contraint par un handicap.

J'ai arrêté. Rien ne m'y obligeait. Ce n'était pas volontaire, c'est venu graduellement. Des jours, des semaines, des mois ont passé sans un seul dessin et j'ai laissé courir cette diète. Elle coïncide avec la rédaction de ce livre.

En application de la loi qui veut qu'on parle surtout de ce qui nous démange et qu'on ne fait pas, c'est un livre sur le dessin. La collection qui l'accueille est ainsi conçue qu'on ne peut y montrer aucune image, pas même en couverture. Mes lecteurs aussi seront au régime sec.

I. DESSINE

Mike et Gloria passent par Paris.

Juliette m'a parlé d'eux. Je sais qu'ils ont la soixantaine, que Mike est architecte. Un architecte-dessinateur. Les architectes de sa génération sont tous plus ou moins dessinateurs mais lui, c'est un vrai dessinateur d'observation. Un artisan du bois, aussi. Un marcheur, joueur de tennis, pêcheur à la mouche. Gloria est enseignante retraitée d'anglais et d'espagnol. Ils sont nés dans la même communauté d'origine slovène d'un patelin du Wisconsin. Ils se connaissent depuis le jardin d'enfants. Ils ont une fille et deux petites-filles.

Mike et Gloria partagent leur vie entre Minneapolis (Minnesota, au nord des États-Unis) et Santa Fe (Nouveau-Mexique, au sud), deux maisons où Mike s'est aménagé des ateliers. À Minneapolis, ces dernières années, ils étaient les voisins d'en face de Juliette. Juliette a dirigé les missions clandestines de Médecins sans frontières en Afghanistan entre 1979 et 1989, pendant l'occupation soviétique. J'ai raconté une de ces missions dans une bande dessinée intitulée *Le photographe*, par la voix et les images de Didier Lefèvre, le reporter-photographe qui l'a accompagnée. On y voit Juliette et son équipe franchir à pied des montagnes de plus de cinq mille mètres pour installer des dispensaires dans des villages pilonnés par la guerre. Au seuil des années quatre-vingt-dix, elle est partie vivre à Minneapolis en compagnie de John, un médecin d'urgence américain adjoint à cette mission. Après une dizaine d'années de vie commune, John et Juliette se sont séparés. Juliette est revenue en France avec leur fille, Alexandra. C'est à ce moment-là que je l'ai connue.

Ce soir de septembre 2007, Juliette m'invite à dîner chez elle, du côté des Grands Boulevards. Je rencontre Mike et Gloria. Mike est grand et doux. Il ne parle pas français. Gloria comprend le français mais ne s'aventure pas à le parler. Leur allure me rappelle la fin des années soixante, le temps de leur jeunesse et de ma petite enfance. Gloria porte les lunettes rondes et le chignon d'une étudiante des campus américains engagée contre la guerre au Vietnam. Mike a perdu des cheveux au sommet du crâne mais les a conservés longs dans le cou. Le couple est relax. Il ne crépite pas de ces décharges électriques qui font l'ordinaire de tant d'autres. Ça ne l'empêche pas d'être drôle. On s'amuse pendant le dîner. Quand Gloria rit, elle a la larme à l'œil, qu'elle va cueillir derrière ses lunettes avec l'index plié.

Mike et moi échangeons nos carnets de croquis en cours. Autant de bâtiments dans le sien que de visages dans le mien. Il note des églises en pierre, des granges en bois, des huttes en pisé. Je note des têtes de passagers dans l'autobus. Autour, on note le décor. Parfois, ce décor prend toute la place. Il dessine une pomme, moi un rocher. Ici, une silhouette sur du blanc. Là, le paysage sans un chat.

Ses dessins sont bons. Pas facile de représenter des architectures et leur contexte à main levée, en proportion, sans repentir, debout devant le motif, le carnet appuyé à l'estomac.

Mike dit qu'il a beau scruter le monde depuis l'enfance, il ne l'a jamais assez vu. Sa façon de l'apprendre, c'est de le noter. Quand il l'a bien noté, il peut fermer les yeux et continuer d'en profiter dans l'ensemble et le détail. Dessiner, ce n'est pas tant accumuler des carnets sur une étagère que s'incorporer le monde et en être toujours occupé. C'est aussi, grâce à une mémoire des formes entretenue, faire dialoguer le monde présent et celui des souvenirs. Tirer constamment des traits entre ce qu'il voit et ce qu'il a vu.

Il ajoute qu'on pratique une très vieille activité. Il aime les activités qui ont fait leurs preuves depuis au moins vingt-cinq mille ans. Il déteste qu'on lui explique que, vu l'insalubrité de la Terre, il faut songer à plier bagage et se préparer au départ pour Mars dans des environnements toujours plus moches. (Mon copain Alan, dont il sera aussi question dans ce livre, disait : « Nous n'irons nulle part ! » en tapant du poing sur la table, ce qui faisait sauter sa bière dans son bock.) La Terre, Mike en redemande. Il veut rester. Il signe des bâtiments qui sont l'émanation minérale et végétale de l'endroit où ils poussent. Il aime compter les brins d'herbe depuis la chambre à coucher, servi par la meilleure technologie. Il tient la technologie par ses deux pointes : l'avant, où les nouveaux outils apparaissent, l'arrière, où les anciens outils disparaissent. Il se sert des deux.

En arrivant à Paris, la veille, ils sont allés chez Idem, une imprimerie lithographique de la rue du Montparnasse où je travaille de temps en temps, pour acheter mon coffret de lithographies sur le Japon. Mike s'intéresse à la lithographie, il la pratique aussi.

Quand on s'avise qu'il est plus de minuit, on doit se forcer pour quitter la table.

Ils vont repartir dans leur Minnesota, on ne se verra pas souvent mais on a la perspective de rendez-vous réguliers. Tant mieux, ça me frustrerait de les perdre à peine trouvés. Depuis une petite trentaine d'années, Mike accompagne tous les ans en Europe des étudiants en architecture de l'Illinois pour les faire dessiner sur le motif. Il a vu arriver l'ordinateur, les habitudes de dessin traditionnel se raréfier, s'éloigner du papier et de l'observation. Il leur enseigne à se poser devant un motif et à le dessiner artisanalement, en prenant le temps de comprendre, d'apprécier et de retenir.

On se quitte devant la station de métro Bonne-Nouvelle.

*

Deux ans passent et, dans l'intervalle, on partage quelques repas, toujours à Paris. Il commence à être question que j'aille les voir en Amérique. Mike voudrait que je le rejoigne à Santa Fe, où il travaille la litho chez un maître imprimeur nommé Jack Lemon, comme l'acteur de *Certains l'aiment chaud* mais avec un seul *m*. Mike me répète : une pierre t'attend à Santa Fe (la technique de la lithographie consiste depuis la fin du XVIIIe siècle à dessiner et peindre sur une pierre calcaire). On rigole avec ça, on le chante façon Willie Nelson : « There's a stooone waiting for you in Santa Feeee. » Il me pousse à la roue, il insiste pour que je vienne. Fin 2008, voyant que je n'arrive toujours pas, il fait venir la montagne à moi ; il ne m'apporte pas la pierre mais des calques spéciaux qui permettent de faire de la lithographie n'importe où, de la lithographie de reportage, le genre de matériel que j'ai utilisé au Japon. Je ne fais pas ce voyage à Santa Fe et j'ajoute, à ma courte honte, que les calques restent vierges. Quand je vais aux États-Unis en 2009, Mike et Gloria n'y sont pas. Ils sont à Kigali, au Rwanda, où vivent leur fille Andrea et sa famille.

Subitement, Mike déclare une maladie qui change la donne.

*

Il nous annonce son cancer du foie peu de temps avant de revenir en France.

À son arrivée à Paris, on dîne de nouveau chez Juliette. Il y avait, l'année précédente, quelqu'un de florissant qui couvait mais ne savait pas. Maintenant, il sait. Il est d'un courage lucide, un courage qui fait la part de l'espoir et de l'angoisse. La chose troublante, c'est qu'il n'a pas mal, il ne souffre pas physiquement. Il héberge un ennemi intérieur mais ne ressent pas de symptômes. Ce qui l'affecte, c'est son traitement et la tension psychologique.

Nous avons une vie dirigée un peu de la même manière, lui et moi. On est deux dessinateurs, deux pères d'une fille unique, on a un certain nombre de points communs. Et l'un de nous est face à la mort. J'ai vécu les mêmes circonstances avec Alan Cope, l'ami au bock de bière dont j'ai parlé plus haut, auquel je consacre une biographie en bande dessinée depuis une vingtaine d'années, mais Alan et moi étions très différents. Alan était vraiment quelqu'un d'autre. Coïncider avec cet autre était gratifiant parce que nous devions parcourir un chemin, combler de grands espaces. Nous partagions la complicité de l'affection, celle du travail en commun, mais il y avait aussi beaucoup de distance. Je ne savais jamais ce qu'il allait dire quand il ouvrait la bouche. Dans les livres où je raconte sa vie, je ne peux pas le faire parler hors de ce qu'il m'a dit, je ne peux rien inventer. En de nombreuses occasions, depuis sa mort, j'ai pensé : là, il est évident qu'il serait content, ou contrarié, mais ce qu'il dirait à la lettre, je suis incapable de le deviner. Alors qu'avec Mike, on a une relation en miroir. Il est beaucoup plus pratique et entreprenant que moi (comme disait Alan en parlant de certains de ses amis : « C'est un bien meilleur homme que moi »), je n'ai pas épousé la fille dont j'étais amoureux à six ans, mais pour le reste, nos portraits coïncident assez.

Alan se comportait en pédagogue et même sa maladie, il me l'a enseignée. Il n'a jamais abusé de sa position de malade mais il ne m'a pas épargné non plus. J'ai été confronté à tous les aspects de son cancer, du début à la fin. Il voulait que je sois dans le vrai, que je voie nettement son état pour le comprendre et agir en conséquence. Pour m'aguerrir, aussi. Il avait fait la Seconde Guerre mondiale dans une unité de reconnaissance des blindés de l'armée américaine.

C'était le contraire d'un guerrier mais il avait appris que la réalité doit être prise comme elle vient. Son nom de famille, Cope, signifie en français faire face, tenir tête, se débrouiller.

Mike, qui n'a pas autant besoin de moi qu'Alan parce qu'il n'est pas isolé, ne m'expose pas à sa maladie. Il m'en informe. Il n'est pas muré dans son secret, comme certaines personnes qui décident de cacher leur état, ni totalement stoïque. Son attitude est un composé de franchise et de pudeur qui lui ressemble.

En dépit des traitements, il a encore la force et l'envie de travailler. Il se fixe l'objectif de concevoir un livre dans lequel il présenterait une synthèse de ses dessins et de ses textes. Il me propose d'en rédiger la préface. On évoque les mêmes sujets que lors de nos rencontres précédentes, dessiner, écrire, publier, mais Mike n'attend plus des réponses plaisantes à des questions plaisantes, il veut des réponses essentielles à des préoccupations qui jouent contre la montre. Ses forces, est-ce qu'il les préserve en se reposant ? Est-ce qu'au contraire, il les brûle en sachant que ce qui va le faire vivre pendant un certain temps risque de le tuer plus vite ? C'est harassant de pondre un livre, surtout une telle somme, avec un tel enjeu testamentaire. Il n'est même pas assuré de l'achever.

Je suis frappé de l'intensité avec laquelle il me demande des avis que je n'aurais pas songé à lui donner. Une maladie mortelle travaille dès son diagnostic à éloigner un individu des autres. Mike sent ce danger et résiste. Il me maintient à son contact. Pas question de nous séparer, nous devons intensifier l'amitié. Il mène l'amitié depuis le début. Je le sens toujours plus dynamique, plus spontané que moi. L'achat du coffret de lithos, l'envoi des calques, les propositions de le rejoindre à Santa Fe étaient des invites auxquelles je n'ai répondu par aucune initiative de même ampleur. Il a toujours un coup d'avance. C'est lui qui tire l'attelage. Pourtant, il témoigne que je peux lui donner des forces et ça m'en donne. Je l'encourage à faire ce livre. Je serai là à chaque phase à laquelle il voudra bien m'associer. Je n'ai pas la seule arrière-pensée qu'il lui faut un os à ronger pour moins se ronger lui-même. Il doit se lancer parce que son tempérament et sa pratique de dessinateur l'y invitent. Le dessin, quand il n'est pas routinier, exige toujours d'essayer. Assembler et mettre en valeur ses dessins est aussi intéressant que dessiner. Mike va réfléchir, soupeser, choisir, présenter, faire ce qu'il a toujours fait. Il a éprouvé sa vie entière à quel point ces activités sont bienfaisantes si elles sont tendues vers un but concret. Il sait bâtir des maisons, il saura bâtir une anthologie.

*

Mike retourne à Minneapolis et commence à concevoir son livre. Il m'envoie des fichiers des premiers chapitres. J'accède à des croquis que je n'ai jamais vus, qui témoignent de ses voyages tous azimuts, Amérique, Asie, Europe, Afrique… c'est un dessinateur analytique, attentif aux proportions, maître de ses moyens mais sensuel, aussi, soucieux de l'ambiance, de la lumière. Il touche bien sa bille en aquarelle. Ses poèmes, comme les derniers poèmes d'Alan, disent l'angoisse, l'insomnie, le sommeil surchargé de rêves par les substances chimiques, l'attente, la beauté du monde qui va disparaître.

En recevant ses textes et ses images, je suis frappé de tout ce qu'il a accompli. Une évidence désagréable s'impose : cet homme que je regarde comme encore jeune et que j'imaginais connaître mieux au fil du temps peut légitimement faire un mort, puisqu'il a beaucoup vécu. Pensée absurde, si on considère qu'un nouveau-né est déjà assez vieux pour mourir, mais je la dis comme je l'ai eue.

La dernière fois qu'il vient à Paris avec Gloria, il conduit ses élèves, à mon invitation, aux Arènes de Lutèce. Des arènes romaines exhumées au XIXe siècle, avec un amphithéâtre à ciel ouvert, des gradins, des arbres. Les jeunes s'assoient au soleil et on leur parle de dessin. Je présente mon travail. Je m'adresse à eux mais ne lâche pas Mike du coin de l'œil, sous sa casquette et ses lunettes noires. Il a dévissé vite. Je l'ai connu costaud et plein de sève, le voici maigre, haletant, embarrassé dans sa marche. Son courage, son opiniâtreté à transmettre ce qu'il sait m'impressionnent. Gloria est à côté de lui, attentive à chacun de ses pas.

*

Le livre de Mike sort. On s'écrit beaucoup à ce moment-là, je reçois des mails presque chaque jour. Je participe à distance, je vois arriver des photos de la cérémonie de lancement, Mike en train de dédicacer. Il a l'air heureux. Les Américains sont bons pour organiser et vivre ce genre de circonstances. Et puis, le bouquin existe, il s'intitule *Draw. Dessine*, ou *Dessiner*. J'en reçois un exemplaire par la poste. Un énorme boulot mené à terme. Je ne suis pas fâché que la mort, qui se fout du tiers comme du quart et n'a pas voulu qu'Alan voie paraître notre premier livre, laisse Mike publier le sien.

Il continue à dessiner et peindre. Il m'écrit : « Je me fatigue vite à cause de la chimio mais si je m'assois et dessine, je suis bien. » Il espère une escapade à Santa Fe en janvier. « Je rêve toujours un peu de toi et moi faisant de la litho là-bas. » La phrase me remue. Pourquoi n'ai-je pas fait ce voyage de Santa Fe les années précédentes ?

Je pars en Italie à Noël, dans ma belle-famille. Ma femme et notre fille prolongent leur séjour. J'ai du boulot et rentre seul à Paris. Quand j'arrive à la maison, je trouve un message de Gloria. Recrudescence du cancer, des taches prolifèrent sur les voies digestives et les poumons, d'autres sont apparues sur le cerveau, on arrête le traitement. Mike est épuisé, c'est la fin.

Il m'est arrivé, comme à tout un chacun, de ne pas être là pour serrer des mains au bon moment. Je ne veux pas vivre ça avec lui. Je demande à Gloria : est-ce une bonne idée que je débarque à Minneapolis ? Elle me répond : on t'attend. J'informe Juliette de mon voyage. Elle me ménage l'accès à sa maison, la maison d'en face, qui lui appartient toujours. Mike m'écrit : « Ma table est assez grande pour qu'on dessine à deux. J'ai une table lumineuse, pas aussi bonne qu'à l'atelier de Santa Fe, mais ça ira. »

Il pourrait baisser le rideau, considérer que plus rien n'a d'importance, s'abandonner à l'épuisement et s'isoler avec ses proches. Non, il ne démord pas de ce qu'il me propose depuis notre rencontre : nous n'avons jamais dessiné côte à côte, nous devons le faire.

II. TRENTE ET UN DÉCEMBRE

Je m'envole. Changement à Amsterdam. Un gars en civil de la police des frontières américaine, avec la mine impavide des Vopos d'Allemagne de l'Est que j'ai connus avant la chute du mur de Berlin, me mitraille de questions sur moi, sur ce voyage, sur Mike et Gloria. Comment se fait-il, si ce sont des amis tellement proches, que je ne leur aie encore jamais rendu visite chez eux ? Que je ne puisse dater avec exactitude leur dernier passage en France ? Pourquoi ne vont-ils pas m'héberger ? Qu'est-ce que j'irai faire dans la maison d'en face ? À qui est-elle, cette maison d'en face ? En quoi consiste mon métier d'auteur de bande dessinée ? Puis-je citer quatre titres de mes livres ? (Il m'interrompt au premier.) Ai-je des éditeurs aux USA ? Lesquels ?

Mes bredouillis plaident pour moi, il me laisse passer le portique. J'ai eu le temps de craindre qu'il ne me renvoie dans mes pénates. La police n'a pas d'autre atout pour nous rassurer que de nous effrayer. Je le vois, en m'éloignant, cuisiner le passager suivant. Ce n'était certes pas mon tour de poser des questions mais je lui aurais bien demandé comment il peut encore converser, le soir, à la table du dîner, après une journée de ce sacerdoce.

Second avion. Ma voisine m'aborde parce que je dessine. Elle se livre. Moi aussi, je lui dis ce que je vais faire à Minneapolis. J'ai moins d'épiderme que d'ordinaire et la nécessité de parler à quelqu'un se fait plus pressante. Ce qu'elle dit, je l'oublierai entièrement. Pas faute de m'y accrocher, pourtant, mot à mot. Quand on est inquiet, on écoute mais on n'entend pas. Tout juste si je me rappellerai son visage.

En fin de parcours, il se fait tard pour les passagers. Les hublots sont aveuglés et les lumières éteintes. Ma voisine dort. Je n'y arrive pas et je me balade pour distraire l'ankylose. Dans un sens du couloir, je vois les écrans de télévision, très lumineux, se découper sur les dos noirs des sièges. Ils jouent des films d'action. On dirait des images de la Terre, en bas, où l'homme est occupé à s'étriper. Images du passé, gars en cuirasse et casque à crinière. Images du présent, bagnoles pulvérisées dans les rues de nos grandes villes. Images du futur où, non contents de s'être éliminés entre humains, il faudra encore se coltiner les singes. Et tout ça, muet, dans le bruit de cascade des réacteurs de l'avion. Comme si on était trop loin du sol pour entendre les pan-pan-pan et les cris. Au bout du couloir, je repars dans l'autre sens. Là, je vois les passagers éclairés par les écrans. Est-ce parce que j'ai la mort en tête ? Ils sont tous morts. Comme si une balle perdue des films leur avait troué le plastron. La plupart ont les yeux fermés et la bouche ouverte, tête basculée en arrière, en avant, sur le côté. Certains ont été préparés par les pompes funèbres, on leur a mis un masque sur les yeux, des boules Quies (« pour les empêcher de couler » comme disait Alan, qui avait été infirmier légiste), un petit oreiller gonflable autour du cou. D'autres cadavres ont la tête sous une couverture. Ceux qui sont éveillés n'ont pas l'air plus vivants. La seule chose qui bouge en eux, c'est la petite télé qu'ils ont dans chaque prunelle. Elle peint leur buste en jaune, en rouge, en bleu. Je voudrais les dessiner mais il fait trop sombre. Je vois à peine mes mains. Dommage. La chapelle ardente de la cabine, les télés en guise de cierges et tous ces visages affaissés, ça ferait un bon dessin, très macabre. Les dessins qu'on ne dessine pas sont tous des chefs-d'œuvre.

Quand je suis pris d'une émotion, le dessin me permet de la manutentionner. Si je n'ai pas la ressource de dessiner, elle m'envahit et me fait penser. Penser sans rien faire est désagréable ; c'est mastiquer un chewing-gum dont le goût s'en va vite et qui ballonne. Dessiner la vie me la fait voir comme un spectacle. À ce moment précis, je suis empêché de la dessiner et elle devient trop vraie. La drôlerie disparaît tout de suite. La métaphore aussi. Les morts redeviennent vivants. Les morts étaient pittoresques, les vivants sont effrayants. Notre vulnérabilité me saute aux yeux. Suspendus dans le ciel, à la merci d'un boulon mal vissé.

*

J'arrive dans ce grand aéroport de Minneapolis-Saint-Paul. J'ai donné rendez-vous à Gloria, je n'ai pas de téléphone portable et je dois la retrouver. Il y a une quinzaine d'issues possibles, je ne sais pas quelle est la bonne, c'est la nuit… je suis toujours un gamin dans ces circonstances-là. J'ai beau essayer de me donner des airs, mon bide est en capilotade, ma tête gamberge, mon cœur bat trop fort, je transpire, je me représente toutes sortes de difficultés. Je suis remis à ma place, dans la peau d'un gars pas dégourdi qui attend que les autres règlent ses problèmes.

Exceptionnellement, ce soir de réveillon dans le Minnesota, il n'y a pas de neige. Il fait froid et humide. J'attends, j'attends… les énormes bagnoles qui tournent se ressemblent toutes, les visages des conducteurs sont à contre-jour des phares, l'espace est envahi par les nuages des pots d'échappement. Je crois voir Gloria partout et ne la vois nulle part.

J'ai des numéros de téléphone en poche, je vais trouver un préposé de l'aéroport à qui je demande si je peux passer un coup de fil. Cet homme est l'exact contraire du cerbère d'Amsterdam, c'est tout de suite l'espèce de chaleur et de bienveillance américaines, le sens du service, il me prend sous le coude, il est là pour m'aider, il me permet de téléphoner sans me demander un rond. Gloria m'indique précisément la porte à laquelle elle va arriver et on se retrouve. Je grimpe dans sa voiture, on roule vers la maison. On est heureux d'être ensemble. Les épreuves servent à ça, on se serre les coudes comme jamais. Je vois la gratitude dans son regard pour les biscuits que j'apporte à son couple en état de siège. Ce que je vois aussi, c'est une inflammation qui ensanglante son œil gauche, coquard hérité de la guerre qu'elle mène contre l'angoisse et l'épuisement. Ce rouge fait d'autant plus tache sur son visage qu'elle est blanche comme un linge.

Elle me fait un topo sur tout ce qu'ils sont en train de traverser. Il n'y a pas un mot qu'elle prononce dont je n'admire l'économie et la justesse. Les gens bien parlent bien. Et plus ils sont au pied du mur, mieux ils parlent.

Elle me raconte le jour où ils ont appris la maladie. Le coup de massue. La discussion entre eux au sortir de chez le médecin, dans cette voiture. Comment ils ont envisagé la fin. L'émotion avec laquelle ils sont arrivés au même constat qu'ils n'auraient pas pu vivre mieux qu'ensemble. Tout ce à quoi il faut renoncer. Le si peu de temps qu'il reste. La certitude de la mort, l'incertitude de l'heure. La torture des mois passés, l'encore plus de torture des mois à venir. L'incrédulité devant tant d'épreuves. Le soulagement, malgré tout, que Mike continue de ne presque pas souffrir physiquement. Mais s'il souffre si peu, pourquoi doit-il mourir ? La bouleversante façon qu'il a de décliner en restant lui-même, ce qui lui épargne l'hôpital et les autorise à continuer de partager leur lit. La hantise que l'hôpital, malgré tout, soit inévitable. La détresse d'anticiper une situation que, pour avoir rencontré Mike au jardin d'enfants, elle n'a jamais connue : la vie sans lui.

Je n'aime pas les voitures. La seule circonstance où elles m'intéressent, c'est l'échange de confidences. J'ai eu mon lot de conversations importantes dans des voitures, roulantes ou à l'arrêt, spécialement la nuit. Le confessionnal, c'est le meilleur usage qu'on puisse faire d'une voiture. Pour baiser, on est mieux dans un lit mais pour parler, rien de plus propice. La façon dont les visages sont éclairés ou sombres, dont les voix résonnent, le fait de n'être pas assis face à face mais côte à côte, le paysage par les vitres, cet habitacle qui n'est ni dedans ni dehors, tout ça invite à aller loin dans ce qu'on dit.

Gloria fait allusion à une soirée de réveillon organisée par des voisins où, peut-être, nous passerons brièvement tous les trois. Ça me semble en contradiction avec ce qu'elle vient de me dire de l'état de Mike, mais j'ai l'habitude que les gens me surprennent. On part pour une veillée funèbre et on se retrouve à un réveillon (le contraire est plus souvent vrai). La vie est coutumière de ces retournements, c'est comme ça qu'elle nous distrait.

*

On est à quelques rues de chez eux. Je regarde ce que la nuit et les lumières laissent deviner des quartiers résidentiels de Minneapolis. Il est près de huit heures du soir, l'heure où je suis né. Est-ce pour ça qu'elle m'a toujours fait tant d'effet ? Je ressentais un grand trouble, enfant, quand il fallait interrompre le foot pour prendre une douche, dîner, dormir. L'un après l'autre, les copains dégarnissaient les rangs. Jusque-là, nous avions fait mine de ne pas nous apercevoir que le jour baissait, qu'on y voyait de moins en moins. Les défections rendaient menaçante la tombée de la nuit. D'ici quelques minutes nous serions dans l'impossibilité de continuer à jouer. Toute notion de plaisir s'éteignait d'un clic. J'essayais encore de shooter, de courir, de gueuler pour rassembler les troupes. L'enjeu de la partie basculait. Il ne s'agissait plus pour quatre garçons d'en affronter trois autres, mais de repousser ensemble le raz-de-marée de l'obscurité qui allait tout noyer. On ne se battait plus pour marquer des buts, on se battait contre la fin du monde. Bien sûr, nous étions essoufflés, sciés par les points de côté, faits d'avance mais nous voulions courir encore, rire encore, pas aller subir une toilette mortuaire et nous allonger dans le cercueil du lit. Le moment était d'autant plus affreux qu'il était magnifique. On ne fait pas plus beau que le crépuscule, à part l'aube qu'on voit rarement si on n'est pas matelot de quart. Pendant que je tapais mon ballon à l'en crever en direction d'amis fantômes, j'étais enivré par l'air du soir, le bleu-gris de la pelouse qui fonçait à chaque minute, les quinquets de l'éclairage urbain ou des fenêtres qui s'allumaient toujours plus nombreuses aux immeubles alentour et qui, quelques instants, ont l'exacte intensité lumineuse du ciel. C'était beau à mourir, comme on dit.

Et puis, bon, je rentrais sagement chez moi et j'aimais bien ma douche, mon dîner en famille et ma lecture au lit, qui devenaient des préparatifs du lendemain. Le jour était passé, et la personne que j'étais ce jour-là, aussi. Passée à autre chose. Il n'en restait pas moins que tout à l'heure, j'étais mort. On meurt tous les jours au crépuscule, comme on meurt tous les ans à chaque hiver. Il y a, tant mieux, nombre de jours et d'années où on ne s'en rend pas compte. Quand on est enfant, vieillard, malade ou triste, on le sent.

*

Nous entrons dans la maison. Mike est à l'étage. Il nous entend. Sa voix, comme diffusée à la mauvaise vitesse de défilement, salue et manifeste de la joie. Je lui dis de ne pas bouger, que je le rejoins. Je suis en train de défaire mes lacets quand il paraît dans l'escalier.

Il se maîtrise visiblement pour descendre avec naturel, droit et tendant les bras. Sa démarche est contrainte, pas son sourire. On dit que la mort casse tout dans un être sauf ce qu'il a de plus solide. Elle ne touche pas au sourire, signe qu'elle n'atteint pas le caractère. (« C'est toujours Mike », m'a dit Gloria.) Le reste de son apparence est très altéré. Aux Arènes de Lutèce, j'ai vu un Mike fatigué et amaigri. Là, je vois un homme qui exige de ma part, pour être identifié, la substitution d'une personne disparue par une personne nouvelle. Je ne lui connais pas ces grosses lunettes rondes, noir et bleu, qui prennent sur son visage une importance qu'elles n'auraient pas sur un visage sain. Elles accentuent l'impression qu'il est déguisé en quelqu'un d'autre. Aux pieds, il porte les grosses pantoufles montantes et fourrées des gens qui ont toujours froid. Sa haute stature, jadis un des atouts majeurs de sa prestance, le déséquilibre.

J'ai un mouvement de recul dans mon arrière-boutique. En vitrine, je fais le mouvement inverse, je vais à sa rencontre. On se prend dans les bras. Notre accolade me restitue la sensation éprouvée, petit, en palpant pour la première fois un caneton. Sous les plumes, je sentais le cartilage remuer que j'aurais pu briser d'une pression des doigts. C'est surprenant, le cartilage, pour un enfant habitué aux peluches, qui croit qu'une bête à plume n'est faite que de plumes. Aussi surprenant que les os d'un homme saillant sous son pull-over. Plus surprenante encore était la vigueur avec laquelle ces canetons si fragiles se débattaient. Mike met une force inattendue dans son étreinte. Il dit : « Bienvenue » et plusieurs fois mon prénom. Une reconnaissance mutuelle s'exprime pour l'un qui a attendu, qui n'est pas mort dans l'intervalle et fait l'effort de se présenter debout et pour l'autre qui s'est pointé avec sa valise. Mon apparition a pour lui un éclat que je serais incapable d'imaginer si je n'en voyais le reflet sur son visage.

Je dois constater que Mike est traité par la mort avec respect. Elle lui épargne d'intolérables souffrances physiques, elle ne le saisit pas outrageusement tôt ou dans une séquence de sa vie marquée par l'échec. Elle le laisse s'éteindre chez lui, au milieu des siens, après avoir éprouvé ce qu'est le bonheur. Eh bien, tout cela, qui fait de sa mort une mort enviable, n'enlève pas une once d'horreur à la situation. La mort pourrait surenchérir dans l'horreur mais si elle ne le fait pas, elle échoue à relativiser l'horreur. L'horreur reste entière. La contrainte où est Mike de dire adieu à tout en se disant adieu à lui-même déborde les capacités de mon esprit. Je n'ai pas la tête assez grande pour y faire entrer les raisons et les implications de cet adieu. C'est trop vaste. Je préfère éluder tant bien que mal, repousser les questions, me laisser hypnotiser par des détails ou me mentir, me raconter des histoires. Parmi ces histoires, il y a l'illusion que j'ai une prise sur l'échéance. Ma présence auprès de Mike est bien facultative à côté de celle de sa famille mais, de ceux qui l'entourent, je suis le seul à vouer ma vie au dessin. Mike peut saluer tous les bonheurs de l'existence en saluant les autres, je suis ici pour qu'il prenne congé du dessin. Tant qu'il ne l'a pas fait, nous prétendons ensemble qu'il est trop tôt pour qu'il meure.

Il se met à pleurer. Alan ne pleurait jamais en ma présence, en bon descendant de Quakers qu'il était. C'était moi qui me planquais derrière les portes pour pleurer. Sans doute qu'Alan pleurait tout seul de son côté, lui aussi, mais pleurer ensemble, on ne l'a jamais fait. Ça a maintenu une tension entre nous, pendant un an et demi et jusqu'à la dernière minute. Comme un orage qui pèse sans éclater. Là encore, ce que Mike m'offre, c'est moi. Je me vois bien en larmes, bouleversé d'être condamné à brève échéance, face à un ami venu me dire adieu. Je suis d'autant plus à même de lui apporter de la chaleur que je le vois en demande de réconfort. Ses larmes me donnent des forces. Quelque chose à faire. C'est trois heures après, quand j'y repenserai seul, que leur souvenir me frappera d'impuissance et de tristesse.

La chaleur que je lui apporte a les joues froides de celui qui vient de l'extérieur. Je réchauffe Mike et je le glace en même temps. Mon apparition est un gage supplémentaire de la mort qui approche. C'est parce qu'il va mourir que je suis là. Je ne suis pas venu fêter la Saint-Sylvestre à Minneapolis les années précédentes. Même si ma présence lui fait du bien, elle résulte de sa condamnation. Elle la lui annonce une fois de plus. Tout parle de la mort à quelqu'un qui va mourir et ses proches les premiers, qui prétendent faire diversion.

J'ai immédiatement une sensation de vertige qui me suivra pendant ces quatre jours, celle d'être assis avec lui sur une plateforme en plein ciel. Je suis à peu près stable, mais Mike glisse sur une pente qui s'accentue. Il glisse vers le vide et je n'ai aucun moyen de l'en empêcher. C'est d'être entre deux longs trajets en avion qui doit m'évoquer ça. Alan, sans doute parce qu'il habitait une île, m'inspirait une hantise différente : nous étions tous les deux à la surface de l'océan, à touche-touche, et il s'enfonçait dans l'eau. Je n'arrivais pas non plus à le retenir. Ce n'était pas le vertige que je ressentais auprès de lui, c'était l'asphyxie. Dans ses derniers jours, elle me réveillait la nuit. Je rêvais que je ne savais plus respirer.

John, l'ex-compagnon de Juliette, passe en sortant de son boulot de médecin d'urgence. Il apporte un plat dans un tupperware mais ne peut pas rester. Il m'invite pour le dîner du lendemain et s'éclipse. Mike prétend un instant me faire visiter la maison, puis y renonce. Elle est tout entière conçue en fonction de la lumière naturelle, il vaut mieux attendre le jour. C'est le prétexte qu'il me donne. En réalité, je vois qu'il cale pour remonter l'escalier qu'il vient de descendre. On restera au rez-de-chaussée, ce soir.

*

Gloria nous sert une soupe. On parle. Les traitements de Mike ont infesté sa langue de champignons. Ils rendent malaisées la nutrition, la déglutition, la parole. À le regarder, à peiner avec lui, j'ai la sensation de grumeaux dans ma propre bouche.

Une conversation avec un condamné est piégée de toute part. Parler consiste sans cesse à se projeter dans le temps. Pour ne pas évoquer l'avenir, je suis tenté de me tourner vers le passé, mais le passé au filtre d'une disparition prochaine devient vite intenable. Le présent est atroce. Et on ne peut pas complètement chasser le futur d'un échange amical, c'est impossible. C'est Mike demandant : qu'est-ce que tu fais en ce moment, quels sont tes projets ? « Un livre va sortir en avril prochain. Nous irons en Italie au printemps. » Ces phrases ont du mal à passer mes lèvres. Avant de les dire, j'entends : « Un livre va sortir que tu ne verras jamais. Nous irons dans un pays tant aimé où tu n'iras plus, faire un voyage qu'on ne pourra plus te raconter. » Je me secoue pour me débarrasser de ces préventions. J'essaie de parler anglais correctement. C'est toujours bon de faire attention à ses mots. Pas pour maîtriser sa parole, pour se maîtriser soi. Parler comme il faut, c'est réguler son souffle, sa voix, son vocabulaire, ses mains, les traits de son visage. Ça fait du bien à celui qui parle et c'est la condition suspensive pour faire du bien à celui qui écoute.

Après tout, s'il me pose des questions sur mes projets, c'est qu'il est évident que je vais lui survivre. Malgré l'horreur qu'il y a à ce que l'un s'en aille et que l'autre reste, le premier a envie que le second continue à bien mener son existence. Il lui donne procuration de respirer pour deux. Tôt ou tard, si je ne meurs pas brutalement, je serai face à quelqu'un que j'aime et qui continuera la route qui, devant moi, s'arrête. Si je ne suis pas gaga, je me dirai : ses affaires sont en ordre, il est en train de gagner sa pitance avec son travail, d'élever sa fille, de prévoir tel ou tel voyage qu'il fera dans quelques mois… tant mieux. Et j'y trouverai une dernière occasion de me réjouir. Une dernière occasion de m'inquiéter, aussi, pour un destin qui va se poursuivre sans mon appui. Qui sait ce que je me dirai ? Je me dirai ce que je me suis toujours dit face à autrui. Si je suis d'un caractère envieux, aigre, tourmenté, j'aurai beau feindre, je détesterai celui qui reste quand je pars, comme j'aurai détesté les autres toute ma vie d'être des adversaires. Si j'ai vécu des années dans l'indifférence, je serai indifférent aux derniers visages penchés sur moi. Plus certainement, mes sentiments seront ce qu'ils ont toujours été : contradictoires, composites. Je ferai, jusqu'au bout, l'effort de les dominer pour mourir poliment.

*

À un moment, Mike me dit : « Je n'ai pas peur de la mort mais j'aimerais ne pas être là quand elle va arriver. » C'est la première fois qu'il prononce le mot « mort », ce soir. La phrase sonne comme une confidence très personnelle, avec un arrière-fond immense. Elle me coupe le sifflet. Je voudrais répondre quelque chose d'apaisant. Je ne trouve rien. Je me contente de prendre sa main. Plus tard dans la nuit, il me reviendra que j'ai lu cette phrase sous la plume de Woody Allen. Preuve que les meilleures blagues consistent à dire la vérité avec les mots les mieux ajustés, en laboratoire, hors contexte, là où le comique prend aisément le dessus sur le tragique. Dans une salle de spectacle, on rit d'une parole qui nous fera frissonner au chevet d'un mourant.

Nous sommes toujours curieux de la manière dont les autres s'y prennent pour mourir. En lisant et relisant la colonne des faits divers et les dernières pages des biographies, en posant à l'infirmier cette étrange question : « Est-ce qu'elle a souffert ? » (comme s'il pouvait avoir la réponse), en regardant entre nos doigts mal joints le corps éjecté de la voiture accidentée, en calculant mentalement la différence entre deux dates accolées à un nom propre sur une tombe ou la notice d'un dictionnaire, nous préparons sans cesse ce baccalauréat qu'il faudra passer.

Quand la mort s'approche pour de bon, cette curiosité fait long feu ; l'agonisant voudrait juste s'esquiver, ne plus être là. Je me rappelle une voisine parisienne qui m'avait dit un jour, alors qu'elle approchait de ses cent ans et habitait encore chez elle : « J'ai vraiment cru mourir la nuit dernière. J'étais très mal et je me suis aperçue que j'étais prête. Je n'avais pas peur. J'avais même une curiosité pour le moment du passage, je voulais savoir de toutes mes forces comment cela allait être. Et puis, ce n'est pas arrivé. » Toute la différence est là. Ma voisine, à son âge, avait de bonnes raisons de croire et même d'espérer qu'un malaise nocturne pouvait ouvrir sur une mort consciente, qu'elle attendait comme un rendez-vous. Mais la mort n'était pas dans sa chambre, cette nuit-là. Elle n'a contemplé qu'une idée. Combien de fois nous arrive-t-il de constater avec soulagement qu'en ce moment précis, si la mort arrivait, nous serions prêts à l'accueillir ? La basse continue de l'angoisse cède le pas à un bref silence qui nous invite à croire qu'au fond, mourir n'est pas si méchant, et que nous saurons faire avec naturel ce qu'ont fait tous nos prédécesseurs. Si ma voisine, cette même nuit, avait pu voir l'avenir, elle aurait repoussé avec effroi la mort que son destin lui réservait : lente et frappée de démence, dans une maison médicalisée. Entre désirer la mort et la redouter, il n'y a guère de juste milieu.

*

Le projet de réveillon dont Gloria parlait dans la voiture était un vœu pieux. Une formule d'autodéfense qu'on exprime quand une situation devient critique, pour meubler le silence. Comme la réaction du jeune Alan à la mort de sa mère, demandant si, tout de même, on ira au cinéma. Une manière de repousser la vérité. Mike ne sortira pas ce soir, il n'ira plus jamais boire un coup chez ses voisins, c'est évident.

En tenant sa main, il me revient une sensation que j'avais souvent auprès d'Alan, celle du monde qui se resserre autour du mourant. Mike est descendu au rez-de-chaussée, mais demain, ou dans quelques jours, il ne pourra plus quitter l'étage. Puis, le lit. Enfin, c'est dans son propre corps que la vie va se rabougrir. On dirait ces films de cape et d'épée où on se bat, on se bat… on commence par ferrailler dans la salle d'armes, on continue dans la salle à manger, on grimpe sur la table, on s'accroche au lustre, aux rideaux, on se retrouve dans la bibliothèque, on embroche deux ou trois livres, on a encore assez de force pour esquiver mais de moins en moins, les estafilades se multiplient, tout à coup on se colle dans un escalier qui raidit et rétrécit, ça se gâte, les gestes sont empêchés, on se cogne, on a mal, on grimpe par saccades le long du donjon et on arrive en haut, hors d'haleine. Il n'y a plus qu'un ring circulaire, quelques créneaux et le vide. Après une dernière feinte – on assiste souvent à une brève rémission, quelques heures avant la mort, qui nourrit l'ultime illusion de s'en tirer –, c'est nous qui basculons dans le noir, conformément à la loi du film d'action qui veut que le perdant soit toujours le même.

Aux derniers jours de l'existence, aux derniers mois, parfois aux dernières années pour les plus malheureux d'entre nous, la géographie de la vie se restreint à un seul lieu. Quand on greffera des balises sous-cutanées à nos nourrissons, on pourra contempler le dessin des déplacements de quelqu'un à la surface du globe de la naissance à la mort. Il y aura quelques gribouillis serrés dans les endroits où les gens seront restés longtemps, de plus ou moins grands zigzags correspondant à leurs voyages, un trait appuyé sur le même trajet effectué cinq jours sur sept pendant trente ans et, pour ceux qui auront eu le temps de vieillir, un rayon d'action qui se restreindra jusqu'au point final, l'endroit d'où ils ne bougeront plus.

J'aimerais voir si les dessins de ces itinéraires ressemblent à ceux qui les ont tracés, s'ils ont une gueule, s'ils écrivent quelque chose. Celui de Mike doit partir en tous sens comme un feu d'artifice. Ou comme une fleur (il a choisi la gravure d'un tournesol séché pour ouvrir son livre). Un calice délimité par le Wisconsin, l'Illinois, le Minnesota et le Nouveau-Mexique, et de grands pétales qui poussent leurs pointes au-delà des océans. L'un touche à la Slovénie de ses grands-parents. Un autre à la France. Il connaît la France comme une femme que, faute de conversation, il aura beaucoup embrassée.

Un des aspects les plus vertigineux d'une vie, c'est la somme de ses déplacements. Tout ce qu'une personne a pu arpenter, voir, ressentir de par le vaste monde, ou même dans son pâté de maisons, si elle ne l'a jamais quitté. La mort efface ce diagramme d'un coup sec. Le savoir qui se transmet du vivant de quelqu'un est très peu de choses en regard du savoir qui se perd à sa disparition. Il y a infiniment plus à manger dans ce qu'on garde pour soi et emporte dans sa tombe que dans ce qu'on dit, même si on est bavard. Et je ne parle pas ici de découvertes ou de secrets. On partage la plupart de nos maigres découvertes et il est rare qu'on garde nos gros secrets. Je parle d'une infinité de petites intuitions, de petites constatations qu'on ne formule pas, qu'on n'associe pas, qu'on ne pousse pas à leur terme, qu'on mélange, qu'on oublie, qui nous traversent sans qu'on les connaisse mais déposent toutes quelque chose dans notre cerveau. Ce qu'on héberge sans en avoir idée. Ce qu'on sait sans le savoir. Ces fruits de l'expérience ou de l'imagination que leur forme inachevée rend méconnaissables et impossibles à inventorier. Tout ce qui s'entasse en nous à l'état de minerai brut mais affleure de temps en temps dans nos pensées avec des couleurs et des propriétés étonnantes. Le contenu de notre for intérieur, qu'on ferait mieux d'appeler notre coffre-fort intérieur. Il est fermé aux autres et son code d'accès s'autodétruit à la mort du porteur, comme dans les films d'espionnage. À nous-mêmes, il n'est pas fermé mais c'est comme s'il l'était, tant son contenu est énigmatique. C'est ce for intérieur, ou l'ensemble des fors intérieurs de toutes les générations humaines cousus ensemble qui raconteraient le mieux qui nous sommes. Les cons ont ce for intérieur, tout pareil à celui du voisin. Leur connerie vient de ce qu'ils vivent comme s'il n'existait pas, ni chez eux, ni chez le voisin.

Ou comme s'il n'existait que chez eux. Les conscients ont ce for intérieur, tout pareil à celui du voisin. Leur conscience vient de ce qu'ils tiennent le leur et celui du voisin pour une réalité. Et les plus consciencieux – et névrosés, sans doute – des conscients, à chaque génération, s'emploient à combattre la disparition des fors intérieurs avec des outils qu'il faut à chaque fois reforger et dont l'usage est à réapprendre. Ils creusent le filon et en extraient ce qui peut l'être, le nomment et le versent au patrimoine commun. Pour attester que la vie, ce n'est pas rien. Pour ne pas perdre leur ahurissement devant le fait que les gens meurent. Pour ne pas s'y habituer.

Si je réfléchis un tant soit peu à la vie et à la mort, je constate que nous sommes des coquilles aux trois quarts vides conçues pour être broyées à peine pondues. Chaque fois que la radio du matin, m'annonçant tel attentat à la voiture piégée en Irak qui a fait vingt-trois morts, ne tire de moi que le soulagement de n'être pas à Bagdad ou un soupir machinal destiné à me masquer ma propre indifférence, je suis humilié de ne pas savoir penser aux humains. Mais si je ne réfléchis pas, si je me contente de ressentir l'effet que produit sur moi la nouvelle ou la vision de la mort des autres au moment où elle m'atteint, je sens bien que cet effet est démesuré. C'est l'univers qui disparaît, à chaque fois. Comme si un capitaine de corvette sombrait, non seulement avec son navire et ses passagers, mais avec l'océan, la planète, le cosmos, siphonnés par le même trou. Ce qui m'écrase à la nouvelle d'une mort, outre l'absence, outre la vitesse à laquelle les morts s'éloignent, c'est l'évanouissement du bagage singulier de chacun. Tout ce qui se perd avec ce bagage, tout ce qui ne pourra plus jamais s'y adjoindre. S'il s'agit d'un enfant, l'injustice que son trousseau n'ait pas eu le temps de se constituer.

Cet univers disparu, quand le mort était un parent ou un ami, j'y vivais. Mes proches sont détenteurs d'un film sur moi qui s'efface à la seconde où ils cessent de respirer. On voit bien le désarroi des grands vieillards ou des rescapés de génocides qui n'ont plus autour d'eux personne qui les ait connus dans le passé. Tous les leurs sont morts. Leur identité n'est plus de ce monde, elle est sous terre avant eux. Comme dans la chanson *Old Black Joe* de Stephen Foster que me chantait Alan : « Les jours où j'étais jeune et gai sont partis. Les amis des champs de coton sont partis. Ils ont quitté la terre pour un meilleur monde, je le sais. J'entends leurs voix douces qui appellent Old Black Joe. » C'est une façon de mourir avant de mourir que tant d'aspects de nous soient gommés à la mort des autres.

Comment se fait-il qu'une maison survive à la disparition d'une personne chère qui l'habitait ? À quel titre le décor continue-t-il à tourner, puisque celle ou celui qui en était le centre, l'âme, la justification, n'est plus là ? Pourquoi n'a-t-on pas enterré la ville de ma grand-mère avec ma grand-mère, au lieu que cette ville reste là, comme un monument dénué de sens où ne circulent que des anonymes qui ne savent plus rien de Janine Guibert, née en avril 1912, que j'ai adorée au point qu'il me semblait que les rues, les maisons, les passants, tout ne tenait qu'à elle ?

*

Je quitte Mike et Gloria pour ce soir. On se dit la seule parole d'avenir qu'on s'autorise : à demain. Ces deux mots, à force de les dire, on oublie à quel point ils sont une profession de foi.

Dehors, il a commencé à neiger et le saupoudrage tient. Le quartier est calme pour une Saint-Sylvestre. Des guirlandes clignotent dans le noir. Pas de circulation. Pas de bruit. Pas de vent. Je traverse l'avenue avec ma valise en faisant attention aux glissades. Gloria m'a donné les clefs de la maison d'en face, la maison de Juliette. Je respire l'air froid et humide où les flocons tombent droit. Hier, j'étais à Paris. Il y a trois jours, à Gênes. Cette nuit, en Amérique du Nord. Je jouis de la liberté de passer du dedans au dehors et du dehors au dedans. Entrer, sortir, les plus hauts privilèges de l'existence. Quand on n'a plus cette double ressource, on est damné. Mike ne l'a plus. Il est assez heureux, tout de même, de mourir au chaud et entouré quand d'autres, qui n'ont nulle part où entrer, vont crever seuls sous cette neige. Entre mourir et crever, il y a un monde. Voilà le genre d'idées que je remâche en traversant le jardin de Juliette. L'allée et la pelouse sont en train de se confondre sous le blanc.

La maison appartient toujours à Juliette, la plupart de ses affaires y sont restées. Elle est occupée par un ami, Terry, qui vient juste de partir pour un séjour en Colombie chez sa belle-fille et ses petits-enfants (je connais Terry, je l'ai rencontré à Paris, lui aussi). Prévenu de mon arrivée, il a laissé ses clefs chez Gloria. Hier, Juliette m'a rédigé de ces longues lettres qui décrivent méthodiquement un lieu pour que son usager en tire le meilleur : thermostats, boutons de la gazinière, broyeur à déchets alimentaires dans l'évier de gauche, fermeture des doubles portes et fenêtres contre le froid, tout un manuel où je reconnais la logisticienne de MSF. J'ai imprimé son long vade-mecum qui commence par : « Je vais m'infiltrer dans tous les interstices de ton bagage à main et dans tes poches, tant je t'accompagne par le cœur et par la pensée, là-bas auprès de Mike et Gloria, dans notre ancien chez-nous. Tu vas vraiment loger dans ce monde de notre vie américaine. » Quand on fait des anthologies de lettres sentimentales, on y insère rarement des phrases comme : « Serviettes de toilette et draps sont, soit dans le placard sur le palier du premier étage en face de l'escalier, soit dans le placard tout en hauteur à gauche de la porte de la salle de bains. La réserve de PQ est dans le petit meuble à droite du lavabo. Si les oreillers de mon lit sont trop dodus, piques-en un sur le lit de Terry. Pour la lampe de chevet de ma chambre, il y a un bouton au pied du col de cygne flexible, qu'il suffit de tourner. » Il y a pourtant beaucoup de protestations d'amour qui ne valent pas celle-là.

*

À peine dans le petit narthex qui sépare la porte d'entrée du vestibule, la curiosité que j'ai pour cette maison atténue toute autre pensée. Elle a plus d'un siècle. Sa structure et beaucoup d'aspects de son décor d'origine ont été conservés. Je repère, à ma droite, une applique murale ancienne. Je pose ma valise par terre, j'extrais carnet et crayon de mon sac à dos et j'en fais un croquis. Rapide, parce que ça caille dans cet espace entre deux portes, mais suffisamment précis pour faire référence. Rapide aussi parce que je suis complètement vidé. Je viens de sortir d'un volcan d'émotions où mes nerfs ont fondu. J'entre dans un autre volcan, différent, refroidi, une maison d'amis où ces amis ne vivront plus ensemble. Une sorte de mémorial, avec la mélancolie des mémoriaux. Je sais aussi que Terry a perdu son fils d'une trentaine d'années, mort entre ces murs il y a quelques semaines. J'ai quitté une maison où la mort va entrer pour une autre dont la mort vient de sortir. Pendant un peu moins de trois jours, je ferai la navette entre les deux. C'est le réveillon, bientôt minuit dans le Minnesota. L'Europe est déjà en 2012 depuis des heures.

Nos sensibilités sont plus ou moins bardées de cuir. Le mien n'est pas épais. C'est effarant d'être aussi vulnérable. Heureusement, il y a le crayon à papier. Les mains vides, je serais occupé à aggraver mon cas. J'ajouterais du spleen au spleen. Mais voici l'applique de l'entrée qui exige d'être dessinée pour être insérée dans la biographie d'Alan, un autre ami que j'ai accompagné à la mort il y a douze ans. Depuis 1994, je pique à droite à gauche du mobilier, des accessoires divers, des photos, des murs pignons, des arbres, des postures, des vêtements, de la vaisselle que j'acclimate dans mes livres. Un petit dessin, l'impression d'alimenter mes réserves, de travailler pour l'avenir et je me sens mieux. Une chance qu'il ne m'en faille pas plus.

Où en suis-je de la biographie d'Alan ? Au récit de son enfance. Plus précisément, à celui de la mort de sa mère, en 1936. Encore la mort. Je vais devoir le dessiner d'ici quelques semaines. L'applique trouvera sa place dans cet épisode que je ne cesse d'échafauder en imagination depuis que je l'ai entendu de la bouche d'Alan pour la première fois. Il m'a tellement remué que je ne l'ai jamais raconté à personne, sauf à ma propre mère. Je le garde pour moi et le rumine depuis treize ans. J'attends de lui donner forme comme on se prépare à endosser une responsabilité.

J'entre dans la pièce de séjour. Je referme le sas. Il fait bon. Un poêle ancien, monumental, est la première chose que je remarque. L'omniprésence des boiseries, aussi. L'architecte qui a conçu la maison, les artisans qui l'ont construite devaient être patentés Arts and Crafts. Cette école anglaise du XIXe siècle privilégie la sobre mise en valeur des matériaux. Le poêle est posé sur un demi-cercle de tomettes qui fait comme une flaque de céramique sur le parquet. Son imposant tuyau gris sort du mur et décrit deux coudes. On dirait une trompe d'éléphant chipant une cacahuète. Je suis tenté de continuer à dessiner, mais je sais la quantité d'énergie que cela mobilise et n'en ai pas le tiers. Je fais un tour en cherchant les interrupteurs. Eux aussi sont anciens, comme les sièges de la salle à manger, les patères, les stores, les baies à guillotine… Beaucoup d'objets, décidément, pourront entrer tels quels dans le dernier chapitre de *L'enfance d'Alan*. C'est une bonne nouvelle que je me fabrique et m'annonce tout seul.

Dans un angle de la salle à manger, un petit piano électrique. Sur l'appui d'une fenêtre, une guitare sèche. Elle est accordée. Je gratte quelques accords sans queue ni tête en marmonnant. Ça remplit trop l'espace. Je la repose en faisant attention de ne pas cogner le coffre.

Je suis comme Boucle d'or pénétrant dans la maison des Trois Ours, à ceci près que mes boucles se font rares, qu'elles sont plutôt d'argent, que je n'entre pas ici par hasard et que les Trois Ours ne sont pas des inconnus dont il faudra déduire l'identité en inspectant le bol ou la cuillère. Les Trois Ours sont mes amis. La seule chose, c'est qu'ils ne sont plus là. J'arrive chez eux après eux. La maison est meublée, pleine de souvenirs d'une quinzaine d'années de vie de famille. Ils s'en sont définitivement absentés. Bientôt, elle sera vendue.

Le cinéma, depuis mon enfance, m'a tenu lieu d'agent immobilier. J'ai visité tant de demeures américaines dans tant de films que celles où je séjourne éveillent toutes des souvenirs, même si j'y entre pour la première fois. La manière qu'elles ont de regarder la nuit depuis les fenêtres du salon, quand on éteint les lampes et qu'on reste debout dans un rayon de réverbère, je la reconnais. Je reconnais le ramage des gros fauteuils boutonnés. Je reconnais la volée de marches qui monte à l'étage et celle qui descend à la cave. Je reconnais cette torpeur des quartiers résidentiels où aucun commerce n'est là pour justifier qu'on sorte à pied de chez soi. C'est sur des avenues semblables qu'Hollywood promène ses éternels duos de flics en maraude qui passent sans voir la bagnole du tueur stationnée à l'entrée du jardin.

Rien de tout ça, ce soir. Pas de cinéma. La mort ne fait pas intrusion à grandes volées de cymbales. C'est une mort domestique qui habitait le coin avant qu'il y ait un quartier. Elle connaît chacun, n'oublie personne et passe sans bruit de maison en maison.

Je suis plein de tristesse mais je ne suis pas triste. La tristesse est neutralisée par plusieurs contrepoisons : la certitude d'être à ma place, en train de faire ce que je dois faire. Le dépaysement et la fatigue du voyage. Le plaisir d'être seul. La sorte d'endorphines que sécrète l'organisme quand on voit des choses dures, pour nous les rendre supportables. Ces choses dures vont dans l'arrière-boutique dont je parlais tout à l'heure, quand je regardais Mike descendre l'escalier. Une cave au fond de nous-mêmes où on balance à la va-vite les cageots trop lourds pour être triés tout de suite. On s'en occupera après. Le fait est qu'on ne s'en occupe pas. Plus ils s'entassent et plus on a peur de descendre s'y frotter. Ceux du fond, les plus inaccessibles, sont là depuis l'enfance. Descendre bravement dans sa cave avec une lampe frontale, un balai-brosse, un seau et de l'eau de Javel ne nous garantit pas de venir à bout de notre misère. Chez la personne la plus heureuse, il y en a encore trop. Et plus on l'écope, plus il en vient du dehors. Mais il faut aller où on a peur d'aller.

Une apparence physique très dégradée, par exemple, c'est effrayant. On ne peut pas l'affronter sans frémir. Elle nous amoche, comme fait toujours la laideur. Autrui est contagieux, fréquenter n'est pas sans risque. Aider, encore pis. On encaisse. La compassion nous dicte les bons réflexes, les gestes de premier secours, anesthésie un peu notre sensibilité, relègue l'image insoutenable de ce corps, et toute la souffrance qu'elle trahit, dans notre cave. Là, le spectre s'installe. Après la disparition de la personne, il fait son métier, il nous hante. Il est si aveuglant qu'il s'interpose longtemps entre nous et nos souvenirs de cette personne en bonne santé. On voudrait la voir florissante mais c'est toujours le même fantôme lamentable qui revient. Il faut parfois des années avant qu'on puisse renouer avec un mort heureux, quand on l'a vu à l'agonie. Ce sont de belles retrouvailles, d'ailleurs, dans les rêves. On est si ému qu'on n'en croit pas ses yeux fermés. Quand on les ouvre, c'est pour s'apercevoir qu'on a pleuré de joie pendant le sommeil.

On comprend que des gens disent : « Je n'ai pas eu la force d'aller le voir dans ses derniers instants, quand il était si mal. J'ai préféré garder une bonne image de lui. » Phrase sensée si elle émane d'une personne qui n'aurait fait qu'encombrer la chambre du mourant. Phrase désastreuse si cette personne détenait ne serait-ce qu'une once de réconfort à lui offrir. On aime bien répéter, l'air grave, qu'on naît seul, qu'on vit seul et qu'on meurt seul. On aime moins que ça nous arrive. La mort est devenue tellement déplacée dans notre paysage qu'il paraît sain de l'éviter toute sa vie, sous couvert d'en être obsédé et d'en regarder jour et nuit des images sur papier ou écran. Pourtant, aussi fin stratège qu'on soit, difficile de ne pas se faire coincer. Tôt ou tard, on se retrouve penché sur un cadavre, à contempler l'angle étrange que font sa bouche et son nez, les cils murés au ciment, l'immobilité du corps devenu chose. On fait connaissance avec une catégorie de gens qu'on ne connaissait pas. Quand on n'est pas dévasté par le chagrin (et même quand on l'est), on se sent menacé par des sentiments dont aucun n'est agréable : l'effroi, la curiosité morbide, l'indifférence. Si on ne sait pas les affronter, on les envoie dans notre cave où ils prolifèrent comme des pommes de terre germées.

C'est là qu'il n'est pas mauvais d'avoir un crayon, une caméra, un harmonica ou seulement sa propre langue pour exprimer un tant soit peu ces émotions qui macèrent. Une cave dont on ne fait pas une raffinerie est un foyer d'infection. Il faut distiller la pomme de terre. Une goutte de vodka tirée de nos vieux cageots, même éventée, c'est toujours mieux que rien. Je n'ose pas imaginer la quantité de malheur que je traînerais si je n'avais pas de crayon pour écrire et dessiner.

*

À la cuisine, je trouve un mot dactylographié de Terry. « Emmanuel, welcome ! » Il m'informe que deux containers de minestrone d'hiver m'attendent dans le frigo et beaucoup d'autres denrées. « Mange tout ce que tu trouveras. Utilise tout. » Viennent ensuite des instructions qui s'ajoutent à celles de Juliette. Le mot se termine par une mention manuscrite : « Je suis content que tu sois dans cette maison. Toi et Michael avez raison de partager votre amitié réciproque et votre amour commun de l'existence. »

Je monte à l'étage. La chambre de Terry, à gauche en haut de l'escalier, est une sorte d'autel consacré à son fils. Je la regarde depuis le seuil, comme si un cordon en interdisait l'entrée. J'ai toujours eu toutes les peines du monde à me persuader qu'une personne sur une photographie est morte. Il y a une contradiction insoluble dans le fait de voir quelqu'un de mes yeux – ou en souvenir, ou en rêve – et d'imaginer, au même moment, sa non-existence. Un portrait d'Alexandre Dumas ou de Baudelaire par Carjat me fait cet effet. La vie qu'il concentre neutralise un instant l'idée de la mort. C'est pour ça que nombre d'entre nous vivons entourés des photographies de nos défunts. On en attend la protection qu'on attend des icônes, mais aussi quelque chose de plus animiste : qu'elles bougent, qu'elles respirent. Elles le font, de temps à autre, en nous décochant une œillade quand on leur passe devant au pas de charge, après qu'elles se sont tenues immobiles pendant des mois. Un bref encouragement, un reproche. Une nuance à peine perceptible jamais revue depuis la disparition de cette personne. On se fige sur place pour mieux en profiter mais les mirages n'aiment pas qu'on les scrute. Plus rien ne bouge. Ce signe nous est tombé dessus si fortuitement qu'on ne peut croire qu'on l'a fabriqué. On oublie un instant que les morts n'ont pas d'autre vie que celle que nous leur prêtons.

En face, de l'autre côté du palier, c'est la chambre d'Alexandra. Elle était jeune adolescente quand je l'ai rencontrée. Je n'ai aucune peine à l'imaginer ici, petite. C'est d'autant plus facile que des jouets, des livres, le couvre-lit de son enfance sont restés à leur place. Un perroquet en chiffons multicolores pend du plafond au centre de la pièce. Une carte du monde, une grande affiche reproduisant une fenêtre peinte par Bonnard au Cannet sont au mur. Un autocollant Hello Kitty, un miroir ovale. De son cadre émerge une plume de paon. Je vois mon reflet dans cette maison vide. Je n'ai pas encore ôté mon manteau, j'ai l'air d'un huissier. C'est désagréable de se croiser quand on est seul. Je me croyais un pur esprit flottant de pièce en pièce et voilà que j'ai un corps sombre, raide, encombrant. Le corps de quelqu'un. On peine tout au long de sa vie à se persuader qu'on est dans le corps de quelqu'un. À l'inverse, on peine à croire qu'il y a quelqu'un dans le corps des autres, humains ou animaux. On les voit la plupart du temps comme de pures enveloppes qu'on peut froisser et déchirer sans conséquences.

*

Je vais coucher dans la chambre de Juliette. Une photo d'elle est là, sur un coffre. Elle est à cheval, sans doute dans le Montana. Habillée à l'occidentale, pas à l'afghane. Incroyable allure. Droite, découplée. Cette chair en calisson d'Aix qu'on a encore à la trentaine. Le regard souriant mais renseigné d'en avoir déjà tant vu dans l'Afghanistan en guerre. Si je connais le passé des gens, je n'arrive pas à les en séparer. Je le vois comme s'ils le portaient en sautoir. Si je connais leur avenir, je regarde la photo avec d'autant plus d'émotion que je sais les tuiles qui les attendent. Je me sens le messager d'une mauvaise nouvelle face à une personne insouciante et gaie.

Je jette un dernier coup d'œil par la fenêtre avant d'aveugler le store. La neige continue à tomber. J'ai amené Rousseau avec moi, *Les rêveries du promeneur solitaire*. J'ai connu des vieux amis qui, comme lui, me recevaient d'abord par une demi-heure de rouspétance, puis s'adoucissaient et redevenaient des gens sans âge, uniquement occupés de ce qui leur plaisait. Il suffisait de laisser passer l'averse.

Ce soir, je saute la première promenade pour ne pas essuyer la litanie des persécutions et je lis quelques pages de la deuxième, qui m'apportent ce que j'en attendais ; le réconfort immédiat, vitaminé comme les épinards de Popeye, dont nous gratifie l'intelligence servie par le style littéraire. « Le jeudi 24 octobre 1776, je suivis après dîner les boulevards jusqu'à la rue du Chemin-Vert par laquelle je gagnai les hauteurs de Ménilmontant, et de là prenant les sentiers à travers les vignes et les prairies, je traversai jusqu'à Charonne le riant paysage qui sépare ces deux villages, puis je fis un détour pour revenir par les mêmes prairies en prenant un autre chemin. Je m'amusais à les parcourir avec ce plaisir et cet intérêt que m'ont toujours donnés les sites agréables, et m'arrêtant quelquefois à fixer des plantes dans la verdure. »

Des prairies entre Ménilmontant et Charonne ! Je m'endors dessus.

*

J'ai eu beau prendre un somnifère, je me réveille dans la nuit. C'est l'heure du cafard maximum. La torpeur me coupe bras et jambes. Du sol montent les regrets de ce que j'ai fait ou dit, pas fait ou pas dit. Du plafond descend la hantise de ce qui m'attend. Ma tête se cherche un interlocuteur et trouve toujours le même, mon ventre. Elle lui dit les pires vacheries, lui montre les images les plus affligeantes. Mon ventre grogne comme un animal battu. Il s'enflamme. Les pets y forment de grosses escarbilles, brûlantes et dures, qui ne veulent pas sortir. Dans un coin de mon esprit, la petite voix que j'avais à quatre ans supplie : « Arrête ! Tais-toi ! Calme-toi ! Rendors-toi ! » Elle n'a pas plus de pouvoir aujourd'hui qu'hier. Il faudrait que mes parents entrent, allument, me prennent dans leurs bras et m'y tiennent serré en disant les mots qu'il faut. C'est peut-être le secours que prodigue la foi ; se figurer un père et une mère derrière la porte.

Cette nuit, ce ne sont ni le passé ni l'avenir qui m'obsèdent. À peine éveillé et averti du lieu où je me trouve, à la seconde, je suis relié à Mike. Je pense qu'il est allongé, lui aussi, de l'autre côté de l'avenue et je me demande s'il dort. J'espère qu'il dort. C'est la seule échappatoire que je lui trouve. Dors, Mike. Perds conscience.

Il y a des insomnies où on échafaude toutes sortes de plans compliqués pour se tirer d'une échéance. On les répète mille fois en se rejouant chaque étape jusqu'à l'épuisement. Le plafond de la chambre est un tableau d'école qu'on sursature de signes et de schémas. Il y a d'autres insomnies, au contraire, où on contemple une paroi raide, noire et sans aspérités. Le plafond est vide et nous aussi. L'angoisse monte et on la laisse monter. L'angoisse nous étouffe et on la laisse nous étouffer. L'angoisse reflue et on la laisse refluer. Les idées funèbres sont parfaites pour ces insomnies-là.

Mais au fait, je ne suis pas Mike. Quelle est cette angoisse que je prétends partager ? S'il dort, en ce moment, elle est sans objet. Peut-être est-il occupé, comme Alan le faisait, à rêver de plats interdits et à se demander s'il commencera par la tranche de brie ou l'assiette de pot-au-feu ? S'il est éveillé, qui me dit qu'il ne connaît pas un moment d'apaisement ? De ces moments où on est juste soulagé d'être couché de tout son long et de ne pas avoir à porter le poids de son corps.

Je n'entends que mon cœur et mon souffle dans le silence complet de la neige. À l'adolescence, j'ai lu pour la première fois ces métaphores qui identifient les poumons à deux soufflets de forge et le cœur à une horloge qui fait tic-tac. Les mots forge et horloge se sont mélangés dans ma tête pour n'en faire qu'un. Depuis, j'appelle l'attirail cœur-poumons la forloge. Ça ressemble à « formoger » qui, en patois charentais, celui de mes ancêtres paternels, veut dire « farfouiller à la recherche de quelque chose ». J'ai toujours la sensation d'avoir une main à l'intérieur du torse. Quand je suis oppressé, c'est elle qui me triture le cœur, pèse sur mes poumons et pince ma trachée. Elle formoge dans ma forloge.

Une nuit, on est au chevet de quelqu'un qui meurt. On s'est peut-être assoupi ou laissé distraire par une conversation venant du couloir, un bruit de la rue. Soudain, on réalise : sa forloge s'est arrêtée. Il est ici et n'est plus ici. Ce constat impossible nous remplit de sentiments impossibles. La terreur et la paix en même temps, par exemple.

Se faire du mouron pour les autres est un drôle de passe-temps. Comment démêler dans mon inquiétude ce qui tient à eux et ce qui tient à moi ? En conscience, j'ai l'impression que tout tient à eux. Au plus fort des affres, je serais vexé qu'on me dise que c'est toujours pour moi que j'ai peur.

Cette crainte est empoisonnée par une autre crainte, celle de ne pas me faire assez de mouron. La culpabilité m'étreint, quand un proche souffre, de ne pas souffrir autant que lui ou d'oublier, par instants, qu'il souffre. De penser à autre chose. De trahir mon devoir de compassion en m'abandonnant à des alternatives d'oubli et de gaieté.

En tout cas, la seule unité de mesure fiable pour me renseigner sur l'amour que je porte à l'autre, c'est la peur de le perdre. À défaut de cette peur, il faut trouver un autre nom au sentiment qui nous tient ensemble.

III. PREMIER JANVIER

Je suis réveillé par la lumière du jour, très blanche. La neige ne tombe plus. Elle a tout recouvert sans excès. Je n'aurai pas à me chercher des chaussures de trappeur dans la maison, celles que j'ai apportées de Paris suffiront. Je fais un sort aux céréales de Terry. Bol et cuillère en main, je grimpe au grenier, descends à la cave, m'arrête un long moment dans une galerie du premier étage tendue de moustiquaires qui donne sur l'arrière. Il y fait froid mais la vue du jardin, des palissades, des arbres nus et des toits est plaisante à détailler. C'est agréable de se peler un peu quand on n'a qu'un pas à faire pour rentrer au chaud. Un vent coulis fait tinter des mobiles métalliques pendus au plafond.

Il est prévu que je n'irai chez Mike et Gloria que l'après-midi. Le matin, Mike reçoit des soins et se repose.

Je sors. Je vais voir Deb et Steve, d'autres amis et voisins de Juliette qu'elle m'a présentés en France. Ils habitent en bordure du lac Harriet. Arrivé au premier carrefour, je demande mon chemin à un gars qui est en train de décharger sa voiture sur son driveway. Il paraît estomaqué que je veuille aller au lac à pied en faisant crounch crounch dans la neige. « Mon père nous amenait là-bas en marchant quand j'étais adolescent, mais c'est très loin. Je n'y vais plus qu'en voiture depuis longtemps. Vous en avez pour une bonne demi-heure. » Dix minutes plus tard, en dépit de mon pas de manchot précautionneux, j'arrive au lac. Amusant comme les conducteurs qui ont renoncé à leurs jambes perdent la notion des distances.

Le vent me débarbouille des effets du somnifère. Je repense au tour de la maison que j'ai fait tout à l'heure. Une évidence me frappe ; ce ne sont pas quelques détails prélevés de-ci de-là qui nourriront ma biographie d'Alan, c'est la maison entière. Je suis dans la maison d'Alan, la maison qu'il habitait quand sa mère est morte. Je peux l'utiliser pratiquement telle quelle. Elle n'a pas un quelconque caractère local qui m'interdise de la déplacer du Minnesota d'aujourd'hui vers la Californie de 1936. Elle colle parfaitement. Il faut que j'y fasse des repérages sérieux, des croquis ne suffiront pas. D'ailleurs, je n'aurai pas le temps de tout dessiner. Je dois emprunter un appareil photo à Gloria et m'expédier les fichiers numériques à Paris. Je m'échauffe. Les scènes du livre prennent forme. Je connais par cœur ce chapitre final ressassé cent fois en imagination. Je lui cherche depuis des mois un décor crédible avec un fond de crainte de ne pas le trouver. Ce décor m'est offert. L'annonce du décès a lieu devant le porche. Alan et son père s'assoient autour de la table de la cuisine, sous la suspension. Le prêche du pasteur est prononcé dans le salon, près du poêle, au milieu des nombreux voisins attroupés jusque dans l'entrée. L'escalier mène à la chambre d'Alan, c'est-à-dire d'Alexandra. Je conserverai tel quel son couvre-lit. À côté, la salle de bains. Les robinets et les vasques ancien modèle n'ont pas à être changés, eux non plus (ça m'évite des travaux de plomberie). Le grenier sera démonté et remonté dans la maison du pasteur, je n'en ai pas besoin dans celle d'Alan.

Je vois la fin de mon livre, comme si je le feuilletais en me promettant d'y revenir attentivement pour faire justice à chaque tableau. Mon métier est en train d'activer le vieux principe qui me distrait souvent de la mélancolie : fabriquer un récit à partir de la morbidité ambiante, en réaction contre elle.

Une autre chose qui me plaît dans l'idée que je viens d'avoir, c'est de faire entrer Alan chez Mike, Gloria et Juliette. Et vice versa. Mélanger des amis qui ne se seront pas connus mais qui auront dans mes pages une communauté d'existence. C'est le genre d'alibi dont j'ai besoin pour écrire. Je me raconte que Mike, à l'article de la mort, me fait cadeau d'une réponse à une question importante que je me posais. Je vais pouvoir le lui dire cet après-midi, l'en remercier. Il a voulu de tout temps collaborer, nous le faisons. Mike est un lecteur de l'édition américaine de ma biographie d'Alan, dont le premier volume est sorti aux États-Unis en 2008. J'espère qu'il aura un semblant de joie à s'associer au livre suivant. Je vois l'inanité de cette pensée rapportée au néant qui le menace, ça ne m'empêchera pas de la lui exprimer.

Depuis hier, longtemps avant l'atterrissage de mon avion, je cherche ce que je pourrais dire à Mike pour le réconforter. Je reconnais la tension qui était la mienne quand j'étais amoureux, adolescent, et que j'inventoriais dans les heures qui précédaient un rendez-vous des bons mots et des postures pour me rendre aimable. C'est l'angoisse d'un animateur radiophonique qui craint le silence et prépare une batterie de questions et de commentaires avant son émission, au risque de passer complètement à côté de la rencontre. J'ai toujours trouvé cette attitude fausse. Je n'aime que ce qui est spontané. Toute stratégie, même la mieux intentionnée, je la trouve obscène. Je ne peux pas m'empêcher d'en échafauder en permanence, pourtant. La vérité, c'est que mes efforts pour aimer et être aimé ne dépendent que de la personne vers laquelle je les dirige, selon qu'elle les accepte, les repousse ou les ignore. Mike percevra dans mes propos les plus maladroits la bonne volonté qui les anime. Quelqu'un que j'agacerais n'y verrait qu'un zèle à côté de la plaque ou le symptôme d'une anxiété insupportable à la sienne.

*

J'arrive chez Deb et Steve. Deb sort sur le pas de sa porte pour m'accueillir. Steve est absent. La maison est vaste, claire, luxueusement équipée. Je reprends un petit déjeuner, bienvenu après le froid. Dans une demeure américaine cossue, je me fais toujours l'effet d'un petit immigrant mal nourri et mal fagoté. Nous parlons longuement de Mike et Gloria. La vigilance de Deb à leur égard, comme celle de John, comme celle de Terry quand il est là, me rassure. Je me détends tellement que j'en somnolerais presque. Quand on sort d'une maison triste pour entrer dans une autre où le malheur n'est pas, on est surpris par la transparence de l'atmosphère. C'est la sensation à la puissance mille que doivent avoir les soldats en permission, quand ils passent du front à l'arrière.

Deb est PHD en anthropologie médicale, elle s'est fait une spécialité de ces substances dites « drogues des violeurs ». Elles consistent en des pastilles qui, mélangées à de l'alcool à l'insu de qui le boit, entraînent des états d'inconscience de plusieurs heures propices aux abus sexuels. Deb est souvent consultée comme experte par les tribunaux amenés à juger ce type d'affaires.

Steve est médecin d'urgence et professeur à l'université du Minnesota. Il est aussi un chercheur prolifique et tient un blog de cardiologie suivi par des praticiens du monde entier, où les électrocardiogrammes dévident leurs montagnes Rocheuses sur fond de papier millimétré. C'est aussi un impitoyable lanceur de frisbee. Je me souviens de n'en avoir pas touché un seul lors d'une démonstration qu'il m'a faite, un été, en Normandie.

Tout à l'heure, je voyais en imagination les voisins d'Alan converger vers sa maison pour la veillée funèbre. Alan m'avait dit que nombre d'entre eux étaient des badauds, plus guidés par la curiosité ou l'habitude que par la compassion. Il n'avait qu'une envie, c'était qu'ils rentrent chez eux, pasteur en tête. Qu'ils disparaissent. Et puis, le pasteur avait prononcé quelques mots et cet homme qu'Alan trouvait désagréable s'était bien exprimé. « J'ai été assez satisfait et surpris. Après, tout le monde est parti et c'était le début de ma vie sans mère. »

Étonnante, vue d'aujourd'hui, cette cohorte de riverains qui affluait, à peine la nouvelle du décès apprise, vers la maison de la famille endeuillée. Un rituel d'antan. Dans ce quartier enneigé que je viens d'arpenter, la mort de Mike ne suscitera pas une telle procession. Les temps ont changé. Ce qui reste, c'est ce petit maillage de voisins – ils ont dû se compter de tout temps sur les doigts d'une main – qui fait vraiment acte de sollicitude. L'éternelle soupe de légumes qui circule d'une maison à l'autre, jadis dans un bol en terre cuite enveloppé d'un torchon, maintenant dans un tupperware.

Je quitte Deb. L'après-midi, je frappe à la porte de Mike et Gloria.

*

Gloria m'ouvre, le même visage blafard qu'hier soir. Jour, nuit, peu importe, la détresse nous maquille en taupes. La maison, par contre, est transfigurée par le soleil.

Je vois dans l'entrée des objets en bois fabriqués par Mike auxquels je n'avais pas prêté attention. Un plateau de table rond, à claire-voie, au fini impeccable, me tape dans l'œil. Je le détaille avec admiration. Mon artisanat se borne à dessiner et écrire beaucoup, peindre un peu et gratter une guitare. Celui de Mike est infiniment plus varié. Il allie des qualités d'observation et d'initiative qui sont souvent scindées chez les êtres ; les contemplatifs d'un côté, les actifs de l'autre. Il est les deux, à égale puissance.

Je le rejoins à l'étage où sont sa chambre et son atelier. C'est toujours étrange de voir un copain alité chez lui. Ça fait remonter de lointains souvenirs de camarades de classe enchifrenés auxquels j'allais porter les devoirs après l'école. Si je ne les connaissais pas bien, il entrait de l'embarras dans cette situation. À l'image publique que j'avais d'eux venait s'adjoindre un flot d'informations trop intimes, l'odeur d'une chambre mal aérée, un cabinet de toilette à la porte entrouverte, un bol sur la table de nuit où stagnait un fond de tisane, un pied qui dépassait du drap, un pyjama élimé, une mine défaite que je ne leur connaissais pas. Tous ces détails, dont certains m'attendrissaient et d'autres me répugnaient, modifiaient l'image que j'avais d'eux.

La chambre de Mike et Gloria n'est pas équipée pour les soins d'un mourant. C'est une chambre propre, claire, vaste, sans autre indice du calvaire qui s'y joue que la silhouette décharnée de Mike, allongée là. Il est devenu une présence anachronique dans ce décor pourtant dessiné par lui, à leur usage. Le dévouement de Gloria l'autorise à résister à cette procédure d'expulsion au terme de laquelle il doit être chassé de son corps après avoir été chassé de sa maison. Il tient, il n'est pas chassé de sa maison.

Dès qu'il ouvre les yeux et m'aperçoit, Mike renouvelle l'effort de se lever. Il marque encore de l'émotion et j'ai, cette fois, du mal à dompter la mienne. Pour couper court, il me désigne une ouverture vitrée, au plafond mansardé de la chambre, par laquelle on voit le ciel bleu et des branches qui tendent leurs rameaux au soleil. Je lui demande de quel arbre il s'agit. « A basswood. » Je ne connais pas ce mot. Il précise :

« A linden. » Cette fois, grâce à l'allemand, je comprends : un tilleul.

Il y a des années que Gloria et lui s'endorment et se réveillent sous cette image toujours changeante. Mike se félicite d'avoir conçu ce tableau vivant comme s'il l'avait peint. La maison où nous sommes n'a pas été bâtie mais grandement remaniée par Mike. En particulier cette charpente, qu'il a dessinée et exécutée seul avec l'aide de Gloria pour le gros œuvre. Outre la couverture, l'ouverture en est la principale raison d'être. Il l'appelle sa « lunette window », en français dans le texte. Elle est en hémicycle et a mobilisé des compétences en ingénierie du bois acquises, jeune homme, auprès d'un charpentier et ébéniste slovène qui connaissait toutes les ruses du métier. Ébéniste se dit « cabinet maker », toujours en français dans le texte. C'est émouvant de retrouver sa langue utilisée comme cheville des métiers anciens dans une autre langue qui monopolise les métiers contemporains. L'étymologie est une curiosité commune de Mike et Gloria et un sujet de conversation entre eux à la table des repas.

La baie s'écarquille pour suivre la course des branches. À ces branches, à ces nuages qui traversent le ciel, Mike a accroché toutes ses méditations depuis une dizaine d'années.

Je traduis un extrait d'un court texte qu'il a écrit au lit, un dimanche matin, sept mois auparavant :

« Je me réveille. Mes *lunette windows*, l'une vraie, l'autre en reflet à ma gauche sur les portes du placard, laissent passer la lumière. Chaque jour, le feuillage du tilleul s'épaissit. Est-ce que ce sera le dernier printemps ?

La fenêtre fait-elle partie de la maison ou appartient-elle au ciel ? Cette maison est-elle un simple container nocturne sans ouverture qui attend que le ciel de la fenêtre s'agenouille pour, en un clin d'œil, nous ouvrir à la vie ?

Mes gènes ancestraux se souviennent d'une caverne. Est-ce qu'une fenêtre suffit pour nous ouvrir à la vie ? Où est la seconde fenêtre ? Quelque part dans mes souvenirs il y a une seconde ouverture pour créer du mouvement, des pistes d'inspiration, une issue pour échapper aux monstres s'ils entrent par la première fenêtre. Cette seconde fenêtre n'est-elle qu'une illusion, comme le reflet de ma lunette dans le miroir ? (…) »

*

Nous passons de la chambre à l'atelier. Il traverse avec difficulté un décor idéalement conçu pour les déplacements. Un an auparavant, il devait glisser ici comme sur roulement à billes. Les tables sont vastes, hiérarchisées par fonction. Un coin à mesure d'enfant est aménagé pour qu'il puisse y peindre avec sa petite-fille aînée (l'autre est encore un nourrisson). Le poste informatique est éloigné des travaux manuels. Partout, il y a de la place pour ses grands bras et ses grandes jambes. Des rangements de feuilles, des tiroirs, des commodes, des consoles occupent l'espace sans le saturer. Des ouvertures diffusent une lumière naturelle omniprésente. Des tentures peuvent être actionnées selon la course du soleil. Toute une famille de lampes dressées comme des grues portuaires est prête à suppléer son absence. Des chaises confortables permettent de travailler à plusieurs ou d'aller de l'une à l'autre.

Un type dans mon genre, qui aura passé sa vie à dessiner sur des coins de table encombrés, mal assis, en mettant des années à s'apercevoir de son inconfort sans le corriger vraiment, ne peut être qu'ébloui par un tel lieu et le cerveau dont il sort. En même temps, il est probable que si cet atelier m'était confié, j'en ferais un souk en quelques jours. Je parlais de mes points communs avec Mike, ils s'arrêtent aux portes de nos modes de vie et de travail.

Ces meubles, qui avaient chacun leur fonction, désormais n'en ont plus qu'une : servir de points d'appui à Mike. Je reconnais son visage impassible, Alan avait le même quand il marchait, à la toute fin. La dépense d'énergie est telle que le moteur se dispense d'alimenter les expressions faciales pendant qu'il actionne les jambes. Mike s'assoit. Je le laisse encaisser l'effort des cinq mètres qu'il vient de parcourir. Quand sa respiration se tempère, je le complimente sur le plateau de table que j'ai vu en bas.

« Le véritable artiste du bois... c'est mon frère Patrick... celui dont le portrait est sur le mur, ici... Il va venir avec sa femme, Kay, tu les rencontreras... »

Andrea, la fille de Mike et Gloria, arrivera demain avec son mari et les deux petites. Il sera temps pour moi de me mettre en retrait pour ne pas encombrer le cercle familial.

Je raconte à Mike ma décision de faire un repérage précis de la maison de Juliette qui servira de décor au dernier chapitre de *L'enfance d'Alan*. Je lui dis à quel point la maison convient au récit. A-t-il un appareil photo simple de maniement à me prêter ? Je prononce chacune de ces paroles sans savoir si elles sont appropriées, uniquement occupé à ce qu'elles aient l'air naturelles et prêt à me rétracter à sa première dénégation. Je ne devrais pas avoir ces craintes. La proximité de la mort ne change pas plus l'orientation d'un homme tourné vers la vie que la proximité d'une tornade ne change l'orientation d'une maison avant de la pulvériser. Jusqu'au dernier moment, la maison qui regardait le nord regarde le nord, même si ses fenêtres sont emplies du chaos qui s'approche. Rien de ce qui est de l'ordre du travail n'est devenu étranger à Mike pour la raison qu'il ne peut plus en exercer aucun. Il écoute, il comprend au quart de tour, il aide.

« Bien sûr qu'on a un appareil pour toi. »

Il s'amuse de mon ignorance crasse de ces machines numériques si simples de maniement, moi qui ai fait ce bouquin appelé *Le photographe*. Il laissera à Gloria le soin de me montrer sur quels boutons appuyer.

Je me demande si le moment est venu du dessin qu'il veut que nous fassions ensemble. Je m'aperçois que je n'ai aucune envie de dessiner. Je dessinerais s'il m'y invitait mais en état de grand malaise et sans la moindre idée d'un sujet. Mon désarroi se verrait dans le dessin. Moi, en tout cas, je le verrais.

Il faudrait, dans ces circonstances, être une sorte de prêtre-dessinateur qui aurait une liturgie précise à accomplir. Faire un beau dessin protocolaire, comme il s'en trace depuis la nuit des temps à des fins de réconfort et de préparation au passage. Un dessin égyptien. Je suis d'une génération sans rituels, je n'ai pas idée d'un geste pareil.

J'ai dessiné toute ma vie avec des gens penchés sur l'épaule. D'ordinaire, ça ne me dérange pas, ça me stimule plutôt, mais aujourd'hui, c'est la mort qui nous regarde. Toute tentative de dessin paraît oiseuse. L'idée de cette séance est trop poignante pour être mise en pratique. Je me mobilise pour l'affronter tout de même.

« J'aimerais pouvoir te montrer un jour mon atelier de Santa Fe. D'abord, la région est superbe. Et puis ici, tu vois, les lieux de travail et de vie se mélangent. À

Santa Fe, j'ai la maison d'un côté et l'atelier de l'autre, attenants mais indépendants. Ça change tout. »

Au prix d'un grand effort, Mike se relève. Pas de dessin. Tant mieux, soulagement.

*

Nous descendons au rez-de-chaussée. Il ne veut pas être soutenu dans l'escalier. Le fauteuil semble très loin, tout là-bas, au milieu du salon. Il y arrive épuisé. On se pose en vis-à-vis. Chaque déplacement manque envoyer Mike au tapis. Chaque siège est le tabouret du ring où il s'affale et s'abandonne bras ballants à la trêve. Gloria a profité de ma présence pour sortir au ravitaillement. J'avance une carafe d'eau et deux verres.

Enfant, j'adorais faire le mort. Aplati sur le lino, les yeux chavirés, j'attendais la chatouille qui me ressusciterait. Si elle ne venait pas, je rouspétais d'outre-tombe pour l'obtenir.

J'imitais les vieillards, aussi. Je m'amusais à trembloter et à chevroter. J'en mimais des drôles, des attendrissants, des cruels, des fous. Pas des tristes. La tristesse, c'était l'apanage des petits. C'était moi qui pleurais à tout propos. Un adulte ne pouvait jamais être aussi malheureux que moi quand je voyais s'envoler le ballon dont j'avais lâché la ficelle. Le tréfonds du désespoir, je le connaissais pour le toucher à chaque contrariété. Les adultes – en tout cas ceux qui m'entouraient – ne hurlaient jamais de chagrin. Je les voyais comme des flegmatiques plus grands que la tristesse, plus forts que la douleur. Quand il m'arrivait un événement aussi dévastateur qu'une estafilade au mollet, certains ne trouvaient rien de mieux à dire que : « Ce n'est pas grave. » Ils ne savaient pas ce qui était grave.

Si je ne devinais pas la tristesse des adultes, je ne soupçonnais pas non plus que les vieux étaient devenus vieux au terme d'une métamorphose. Je ne les croyais pas quand ils prétendaient avoir eu mon âge, photos à l'appui. Les photos de 1917, sépia, tirées au cordeau, avec leurs frondaisons en trompe-l'œil, avaient l'air de tableaux bidonnés. Je ne reconnaissais pas mes grands-parents dans ces faux enfants costumés pour le cinéma muet. Je comprenais théoriquement qu'un jour je serais grand mais la théorie n'était pas réversible, elle ne permettait pas que les grands aient été petits. Les vieux jouaient aux vieux avec d'autant plus de perfection qu'ils avaient toujours été vieux. La vieillesse était leur emploi. Chacun arborait quelque chose du clown ; le nez rouge ou les cheveux en étoupe, les chaussures difformes ou le maquillage effrayant, la voix forcée ou la gaucherie. Ils remplissaient un rôle dans le genre burlesque, pas du tout tragique. Encore une fois, c'étaient les enfants que je trouvais tragiques. La vulnérabilité était mon lot exclusif. Les vieux étaient des grandes personnes et les grandes personnes n'étaient pas fragiles.

Ce n'est que bien plus tard, en commençant à me dégarnir et à me délaver, que j'ai eu l'intuition de la foule d'entailles, de ligatures, de pincements, de torsions et d'abrasions qui transforme les belles plantes que nous sommes à notre plein épanouissement en bonsaïs ratatinés dans leur petit pot. Cette intuition m'avait traversé, plus jeune, à l'occasion de maladies qui ratiboisaient toute mon énergie et me laissaient essoré à mi-hauteur d'une courte volée de marches. Elle m'avait traversé, de temps en temps, quand je poussais mon activité de dessinateur trop avant dans les nuits blanches. Elle m'avait traversé quand les doigts d'un vieillard enfoncés dans mon avant-bras étaient autant de drains qui m'inoculaient son âge. Mais à chaque fois, ça passait. Tout passait toujours.

J'ai vraiment deviné le sort des vieux à l'âge où je me suis mis à en tâter dans ma chair, en approchant des cinquante berges, pas avant. J'en voyais pourtant les manifestations quand j'étais jeune dans leurs grimaces et leurs plaintes mais elles me semblaient des tics de leur espèce, comme un cheval a des spasmes de l'échine ou souffle par les naseaux. Je n'en soupçonnais pas les causes. Il n'y avait pas une once de vieillesse en moi, je ne la sentais pas. Il n'y avait pas une once de jeunesse dans un vieux, je ne la voyais pas. Aujourd'hui, à l'inverse, je ne vois que ça :

l'enfant dans le vieux et la vieillesse qui s'installe en moi. Les dérèglements qui emménagent à demeure, les bruits de fond, les taches qui ne partent plus au lavage. J'éprouve chaque jour un peu plus ce que le temps fait à l'enfant pour le replier vers la vieillesse après l'avoir déplié vers l'âge adulte. Je suis demeuré un enfant pendant toute cette opération, je n'ai pas eu le temps matériel de devenir autre chose.

Le dépliage qui m'a mené de l'embryon à la maturité s'est bien passé, le temps avait l'air sûr de ses gestes et de leur chronologie. Il m'a étalé, lissé selon les règles de l'art. Celles et ceux qui ont manipulé un journal quotidien ou une carte routière – du temps où ces objets étaient usuels – savent que déplier est plus facile que replier. Plus prometteur, aussi. On déplie pour découvrir, c'est stimulant. On replie pour ranger, c'est fastidieux. Le temps n'est pas plus patient ni plus soigneux que la plupart d'entre nous. Replier ne l'intéresse pas. Il a vu en moi ce qu'il y avait à voir, il m'a lu en diagonale d'un œil attentif au début, puis rapidement indifférent. Je suis désormais un journal de la veille qui ne contenait aucune nouvelle renversante, une carte routière pas très à jour qui ne couvrait qu'un territoire étroit et sans grand relief. Il est temps de me replier grossièrement, je ne servirai plus. J'ai donné ma maigre information, j'ai dit le peu que j'avais à dire. Le massacre peut commencer. Le temps se met à me froisser avec des doigts nerveux et griffus que je ne lui connaissais pas. Il me boursoufle par endroits, m'écrase à d'autres. Les pans de la carte où étaient la forêt de mes cheveux, les digues de mes dents sont les premiers à s'effranger. Mes articulations ne retrouvent pas leurs plis. Mon journal en bataille n'est lisible que par bribes, il perd en signification. Je ne sens plus d'égards, plus d'application dans les gestes du temps. Je vois poindre l'envie d'en finir. Quand le temps s'impatientera de travailler seul à mon repliement, il s'assurera le concours de la maladie, de l'homicide ou de l'accident pour se débarrasser de moi. C'est là qu'éclatera son exaspération. Les gens qui replient un emballage récalcitrant s'énervent vite. Quand ils ont le sang chaud, ils passent leurs nerfs sur le pauvre papelard. Ils le réduisent en bouillie dans un juron. Si le temps choisit l'accident mortel ou l'assassinat, il me calcinera au briquet en cinq sec. S'il choisit la maladie ou l'accident à séquelles, il me déchirera à volonté jusqu'à ce que mort s'ensuive. Quand je serai victime de ce dernier assaut, je le subirai minute par minute, avec ce qu'il voudra bien me laisser de ressources physiques et de clairvoyance. Tant que je suis témoin de l'agonie des autres, elle me traumatise à chaque fois comme si j'assistais à un meurtre.

J'imite toujours les vieillards, aujourd'hui, mais j'ai perdu la verve caricaturale sans pudeur que j'avais enfant. Mes numéros tournent court. Ils ont la brièveté des blasphèmes qu'on prononce en se signant. J'ai vu quelques meurtres de trop près. Ils m'ont informé que le mien se prépare en arrière-cuisine. Ce qui me rassure, c'est que j'ai un copain britannique octogénaire, Jed, qui continue de contrefaire la vieille Anglaise d'une voix de fausset en couvrant ses dents de devant avec ses lèvres en cul-de-poule. Ça l'amuse comme au premier jour. Moi aussi. Tant que nous avons des éclaireurs, nous nous croyons protégés.

Faire le mort, par contre, il y a longtemps que ça ne m'est plus arrivé. Depuis que j'ai fréquenté des cadavres, je me suis rendu compte que j'imitais les morts de cinéma, pas les vrais. Les vrais ont quelque chose d'inimitable qui tient moins à leur aspect extérieur qu'à la disparition de leur intérieur. Les dormeurs, les comateux échouent à rendre ce vide. Une musaraigne morte ressemble plus à un humain mort qu'un acteur feignant la mort. Ce qu'on ressent face à un cadavre, une maison abandonnée à l'écart d'un village nous l'inspire mieux que le figurant le mieux maquillé.

*

On a parlé brièvement d'architecture, tout à l'heure, dans la chambre. Quand il s'agit de dessin, nous sommes en terrain commun. Mike s'efface toujours un peu, il considère que j'ai voué mon existence au

« vrai » dessin pendant que lui en a fait le plus souvent un usage technique et documentaire. À l'en croire, je serais un autochtone au pays du dessin et lui, une sorte de campeur-géomètre. J'ai le même sentiment : celui d'utiliser le dessin avant tout pour raconter des histoires et de le pratiquer moi aussi en art appliqué plus qu'en discipline des beaux-arts. Chaque fois que Mike me marque de la déférence, je la lui retourne et on ressemble à deux types qui se font des politesses devant une porte.

Quand il s'agit d'architecture, il prend naturellement la main. C'est son sujet. Le seul sujet assez puissant pour sécher ses larmes et fixer son attention sur des objets concrets qu'il faut me décrire en détail parce que je n'y connais rien. On tâche de prolonger la conversation interrompue dans la chambre, sous la *lunette window.* Je le questionne. J'y vais doucement au début et puis avec de plus en plus de naturel. Je lui rends les points qu'il me donne comme dessinateur. Les meilleures amitiés sont en balançoire. Un coup c'est toi en haut, un coup c'est moi. Tu es en haut par tes qualités mais aussi parce que je suis en face pour les apprécier. Pareil pour moi ; le poids de ton attention et de ta compréhension me soulève. Une amitié en équilibre – si ça existe – doit être plate. Une amitié en déséquilibre est en danger permanent de rupture. Une amitié en balançoire est précieuse et survit à toutes les séparations, même la dernière. Les amitiés en déséquilibre sont nombreuses et les amitiés en balançoire, rares. Le jeu de la balançoire est tout bête mais, mine de rien, on y est constamment actif et il faut collaborer. Il faut vouloir y jouer. Quelqu'un de trop léger – un ami inconséquent – m'oblige à faire levier en permanence, je m'en lasse vite. Quelqu'un de trop lourd – un ami pesant – me coince en l'air, jambes pendantes. Voilà qu'il se lève sans crier gare et VLAN ! il me casse les reins. Les amis pesants sont plus soucieux de leurs reins que des nôtres. Pour bien se balancer, il faut passer de haut en bas et de bas en haut avec autant de bonne grâce. Il faut se réjouir d'élever l'autre comme d'être élevé par lui. Les deux actions doivent exciter également le centre de gravité. Ça n'empêche pas qu'on se fasse des niches et qu'on se malmène le coccyx de temps en temps. On s'embêterait sans un peu de tape-cul. Mais il faut à l'exercice une dose de respect et de bienveillance. Et même d'admiration. Avec l'admiration, on est assuré de ne pas s'embêter du tout. Pour s'aimer d'amitié, on a besoin d'un peu s'admirer. L'amour est plus omnivore, il bouffe absolument de tout, même le mépris, même l'indifférence. Rien n'a jamais empêché quelqu'un d'aimer, surtout pas les rebuffades qui sont souvent la raison d'être de l'amour. L'amitié se satisfait moins des baffes. Elle est un peu sadomaso, comme toute relation humaine, mais si elle le devient trop, c'est qu'elle est en train de se changer en amour ou en haine. Alors, elle s'absente et reviendra plus tard ou jamais.

Mike et moi, il me semble qu'on a avant tout une admiration réciproque pour nos métiers. Le reste en découle. On sait les qualités qu'il faut pour les exercer correctement, on se crédite de ces qualités. Je prends métier au sens de profession comme au sens de savoir-faire. On apprécie nos tours de main. J'aime le regarder et me dire : il est une ville pleine de maisons. Il aime me regarder et se dire : il est une galerie pleine de dessins.

Mike parle bien de son boulot. Une vie d'exercice, d'enseignement, de questionnements sur les moyens et les buts de l'architecture lui a taillé un vocabulaire efficace, à la fois didactique et poétique. De minute en minute, je vois son discours le regonfler. Mike récupère un semblant de corps, une gestuelle. Il se cale mieux entre ses accoudoirs. Sa voix retrouve du timbre et du souffle. Ce n'est pas tant le prof qui ressuscite que l'élève. « Dans une classe, si le prof n'est pas bouché, c'est lui qui apprend le plus. Je disais toujours à mes étudiants : j'espère que vous deviendrez tous professeurs. »

*

Il me parle de son mentor, Alexandre Notaras. C'est en l'évoquant qu'il s'anime le plus. Pour exprimer au mieux ce que Mike me raconte de cet homme, je traduis les premières lignes de *Draw*, consacrées à Notaras (le livre lui est dédié) :

« Alec avait un bagage intéressant qui colorait sa personnalité. Il était né à Izmir (Smyrne, Turquie) de parents grecs en 1921. À l'âge de trois ans, un capitaine de la marine américaine l'a sauvé d'un pogrom perpétré par les Turcs sur les Grecs. Il a grandi à Paris, survécu à l'occupation nazie et été un élève vedette de l'École d'architecture des beaux-arts, prodigieusement doué en conception, rédaction, croquis et peinture.

Dans les années cinquante, il est venu aux États-Unis et a enseigné le design architectural à l'université de l'Oklahoma puis, au milieu des années soixante, à l'université de l'Illinois à Urbana-Champaign où je l'ai rencontré. Il était un redoutable critique et avait peu de patience pour les étudiants qui ne travaillaient pas dur. À l'automne 1966, j'ai été séquestré dans son bureau jour et nuit pendant cinq longues semaines alors que je préparais le Paris Prize, un concours national pour étudiants. Chaque matin, il entrait dans le bureau, enlevait son béret, grimpait sur un tabouret, regardait ce que j'avais dessiné pendant la nuit et disait (dans son meilleur accent gréco-français de l'Oklahoma) : "C'est bon, mais pas encore assez bon pour gagner..." et je repartais dans mes rouleaux de papier pour dessiner des variantes sans fin... J'ai finalement remporté la compétition grâce à son appui inlassable. Le prix – une année de voyage et de visites architecturales à travers l'Europe – a fondé et nourri la passion de toute ma vie pour le dessin et le voyage.

Alec en est venu à diriger le programme d'études étrangères de l'université de l'Illinois à Versailles, en France, un poste qu'il a occupé jusqu'à sa retraite. Au début des années quatre-vingt, il m'a recruté afin que je vienne en France au moins une fois par an pour deux semaines d'enseignement d'analyse urbanistique, de design et de croquis aux étudiants américains d'architecture. Ça a été le début d'une odyssée de vingt-huit ans faite de voyages, d'observations et de dessins dans de nombreux pays. Nous sommes devenus amis, voyageant et dessinant ensemble avec les étudiants, à cheval sur les murailles des citadelles françaises en face des châteaux, croquant les rues, paysages urbains et couvents de Patmos, en Grèce, visitant Sainte-Sophie dans sa Turquie natale et Éphèse en Asie Mineure… »

À mesure que Mike évoque son maître, je vois du rose lui remonter aux joues. Un mort réactive le sang d'un mourant. Les copains disparus nous soutiennent de temps à autre, spécialement quand on parle d'eux à des gens qui ne les ont pas connus. La jubilation partagée avec un ami de son vivant est parfois trop bouillonnante pour les minutes qui la voient naître.

Elle déborde. On a tous vécu ces moments où il est si jouissif de dire ou d'entendre une phrase, de faire ou de recevoir un geste qu'on en tombe quasiment dans les pommes. L'instant est trop petit pour contenir l'amitié. Où va ce lait qui se sauve de la casserole ? Une part est conservée. Le lendemain, en y repensant seul, on s'en verse un verre qui pétille encore et nous fait sourire d'aise. Après la mort du complice, de loin en loin, des cuillerées de cette amitié nous sont offertes. Elles ont toujours du phosphore et du calcium. On ne peut pas les réclamer ni les attendre avec la régularité d'une indemnité de salaire, on n'en perçoit qu'une goutte quand on en voudrait des rasades mais les cuillerées sont bel et bien là. C'est du bon rab que la mort n'a pas. Et on en sourit toujours d'aise, comme Mike en ce moment.

Notaras figure sur une photo en frontispice de *Draw*. La photo est amusante, prise par Gloria un jour ensoleillé de fin septembre 2008 à Versailles, sous les platanes de l'avenue de Sceaux, lors de leur dernière rencontre. La posture de Notaras dit beaucoup du personnage. Il est debout, appuyé sur une béquille. Elle a l'air d'un accessoire de cinéma. Il en tire parti pour dessiner un angle acrobatique avec le sol. Son corps exprime la nonchalance, son visage la malice. Une malice très aiguë. Il se bidonne en regardant Mike, à sa gauche, qu'il tient par le bras. L'élève est immense et le professeur minuscule. Mike a la réserve, la douceur et le calme qui me l'ont rendu si charmant. Notaras semble une matrone méditerranéenne haute comme trois figues qui couve d'un regard en contre-plongée son grand rejeton. Vingt-deux ans les séparent. Ils ignorent que la mort va faire bon marché de cette différence en les emportant à un an d'écart. Elle privera Mike d'un âge qu'il comptait vivre aussi activement qu'Alexandre. Ils incarnent ensemble l'éternel couple du petit futé et du grand béat que je formais avec Alan. Ils sont l'Europe déménagée aux États-Unis, revenue arpenter ses vieux quartiers.

J'apprendrai plus tard d'un grand ami de Mike, David, qui a été son condisciple à Urbana-Champaign (et son introducteur à la musique de Bach), d'autres détails biographiques sur Notaras. Je les livre ici pour compléter son portrait. Je cite David :

« Le talent d'Alec pour le croquis et l'aquarelle était sans égal. À l'École des beaux-arts, il avait accumulé suffisamment de points en un an et demi pour obtenir son diplôme quand la durée moyenne du cursus était de cinq ans. Il s'est retenu de décrocher les tout derniers points nécessaires parce que c'était sous l'occupation nazie et, comme étranger, il n'avait ni papiers ni passeport. Diplômé, il risquait d'être repéré et envoyé dans un camp de concentration où il aurait été tué, sort qu'a subi son frère. Il a échappé de peu à la police parisienne parce que ses employeurs d'origine arménienne (peut-être des architectes pour lesquels il dessinait des perspectives, je ne sais pas) ont payé les flics, avant d'être eux-mêmes exécutés. Il a pu enfin passer son diplôme à la Libération pour devenir quelque temps assistant de Louis Arretche, l'urbaniste qui a reconstruit Coutances, Saint-Malo…

Quoi qu'il en soit, pendant les quelque quarante années où Alec (que tout le monde appelait Nonos, son surnom aux Beaux-Arts de Paris) et moi avons enseigné ensemble et sommes devenus très amis, il répétait à qui voulait l'entendre que Mike était le meilleur élève qu'il ait jamais eu, et il avait à choisir entre une flopée d'étudiants lauréats de nombreux prix, devenus des architectes à succès. Alec aimait et respectait Mike, mais qui ne le faisait pas ? »

L'influence de Notaras et l'existence de ce programme d'études étrangères à Urbana-Champaign ont orienté Mike vers ses sources européennes et lui ont fourni un alibi, comme étudiant d'abord, comme prof ensuite, pour retourner y puiser tout au long de sa vie. Elles l'ont voué au voyage et au dessin d'observation. La généalogie des idées et des pratiques de Mike ne tient pas dans un arbre. Il faudrait plutôt dessiner une carte maritime (un portulan, comme on disait jadis, joli mot) sur laquelle naviguent des individus qui croisent ou accompagnent sa route, la besace remplie d'un savoir glané et disséminé à chaque escale. Le rôle des exilés comme Notaras dans la diffusion de la culture est vieux comme l'exil. La guerre, la famine, l'épidémie ou la persécution les précipite sur les routes et la paix revenue, souvent, les y maintient. Le voyage est réputé aiguiser la faculté d'observation. Chez l'exilé, cette faculté est une nécessité vitale. Le dessin d'observation patrimonial était, dans le passé, le b.a.-ba de l'architecture mais aussi la pratique quotidienne d'un Notaras qui voulait passionnément analyser ce qu'il voyait et en conserver trace. Ses carnets inventorient un monde dont divers assassins ont voulu l'expulser depuis sa naissance. Il l'a regardé avec l'intensité de celui à qui tout peut toujours être retiré d'une minute à l'autre. Le sédentaire voit changer le monde à l'échelle d'une vie et peut se payer le luxe de peindre posément de grands formats à l'huile. L'exilé le voit changer au jour le jour, il doit le noter lestement au crayon à papier dans des calepins de poche.

Entre l'Amérique du Nord et l'Europe existe un pont invisible en chantier continuel que le XXe siècle a plus que jamais emprunté. Ce pont reliait des planètes lointaines quand les grands-parents de Mike l'ont traversé une seule fois d'est en ouest, laissant derrière eux l'Empire austro-hongrois des Habsbourg où les Slaves n'avaient pas voix au chapitre. Il joignait des provinces quasi limitrophes quand Mike et Gloria en ont fait usage des dizaines de fois dans les deux sens. Entre-temps, un nombre incalculable de récits, de découvertes et de savoir-faire destinés à rayonner dans le monde avait emprunté ce pont, mais toujours un par un, serré dans les poches de quelqu'un. À l'origine de chaque fait humain, il y a quelqu'un. Il a fallu qu'un individu invente de toucher la main d'un autre en guise de salut. Il a fallu Alexandre Notaras pour que la pratique du dessin d'observation s'implante sur ce grand campus de l'Illinois dans les années soixante et concerne des vagues successives d'élèves jusqu'à aujourd'hui. Certains, comme Mike, en ont fait un mode de vie. À l'origine de chaque geste, un inventeur. Pas d'inventeur, ou pas de répercussions de l'invention, pas de geste. Et puisqu'il est question du XXe siècle, on ne peut que spéculer sur la quantité d'inventions et de gestes dont ses grands massacres nous ont privés. L'inventeur d'un vaccin contre le sida qui, dès le début des années quatre-vingt, aurait pu sauver infiniment de vies, n'est-il pas mort à l'âge de six ans à Auschwitz ? Sans la ressource de les concevoir, de les enseigner et de les apprendre, les gestes du passé et de l'avenir disparaissent avec les gens. Et moins il y a de savoir-faire, moins il y a de savoir-vivre.

Au nom de Notaras, le Grec né à Smyrne, doit être associé celui d'un autre exilé, Arménien de Constantinople et d'une génération son aîné : Gabriel Guévrékian.

David l'a bien connu, voici ce qu'il en dit :

« Guévrékian est né en Turquie, a été élevé en Iran et a fait ses études à Vienne. Il y était en contact avec les architectes parmi les plus importants de l'époque. Ensuite, il est venu à Paris où il a été actif dans l'avant-garde artistique. Il est devenu un bon ami de Le Corbusier et un collaborateur de Mallet-Stevens (il a participé à l'élaboration de l'hôtel particulier des frères Martel, dans le XVIe arrondissement, et conçu le fameux jardin cubiste de la villa Noailles à Hyères, orné d'une sculpture de Lipchitz). Il a été secrétaire général du CIAM – congrès international d'architecture moderne –, organisation internationale très influente créée par lui, l'historien Sigfried Giedion, Le Corbusier et son cousin Jeanneret. Dans les années trente, il est retourné en Iran pour y construire des bâtiments de première importance.

Guévrékian est parti s'installer aux États-Unis en 48, il est devenu américain en 55. Il a d'abord enseigné dans l'Alabama, puis à Urbana-Champaign, où il a rencontré Notaras. C'est Guévrékian qui a démarré le premier programme européen de l'université de l'Illinois. Au tout début, ce programme était implanté à La Napoule, près de Cannes. Gabriel et sa femme possédaient un appartement à Antibes et je pense que c'est en arpentant le coin qu'il est tombé sur la Fondation Clews (aujourd'hui appelée La Napoule Art Foundation). La fondation était à la recherche d'un groupe d'artistes pour occuper une partie de ses locaux. Gabriel a proposé un partenariat avec l'école d'architecture de l'Illinois, la fondation a accepté. Le programme s'est installé là pendant à peu près deux ans et demi, après quoi il a été "invité" à lever le camp quand des étudiants, m'a-t-on dit, ont été pris à fumer de la marijuana sur la plage (les Français étaient très stricts là-dessus à l'époque). D'abord priée de quitter la France, l'école a obtenu un compromis : si elle disparaissait de la Côte d'Azur, les étudiants ne seraient pas poursuivis. C'est ici que Notaras intervient. Louis Arretche avait alerté Notaras sur le besoin de peupler la Petite Écurie royale de Versailles – immense, en réalité – où l'école d'architecture s'implantait tout juste (en 1969) et où il n'y avait pas encore assez d'élèves. Les soixante étudiants américains ont été reçus comme un don de Dieu. L'école d'archi de Versailles a démarré un semestre avant que Notaras et moi débarquions pour le premier programme.

Mike et Gloria, pendant leur séjour du Paris Prize, ont visité La Napoule la première année. Tous les gens de l'université de l'Illinois que je nomme ici, professeurs et élèves, se connaissaient bien en ce temps-là.

Finalement, une quinzaine d'années après, Mike a pris en charge le "sketch trip", les voyages de dessin d'observation lancés par le fameux architecte de

Chicago Larry Perkins, qui avait offert sa contribution et accompagné ces périples de sa retraite jusqu'à sa mort. Sous la conduite de Mike, les voyages ont eu un grand succès. Lui et Gloria ont fait partie intégrante du programme de Versailles pendant de nombreuses années, même après le départ en retraite de Nonos.

Une note personnelle, pour finir. Gabriel Guévrékian est une des meilleures personnes que j'aie jamais rencontrées. Je l'admirais énormément. C'était un gentilhomme. Je pense avoir été un des rares étudiants d'Urbana-Champaign à réaliser quelle était sa stature historique, grâce à un de mes professeurs d'histoire qui me l'a révélée. Il en a résulté entre Gabriel et moi de nombreuses conversations sur l'architecture parisienne des années vingt, Le Corbusier et Mallet-Stevens, le CIAM et l'architecture en général. Je devais lui consacrer ma thèse de doctorat. La première chose que j'aie faite en emménageant à Paris en 1970 pour enseigner à Versailles a été de me rendre à l'enterrement de sa femme. Il était très affecté. Après avoir organisé les funérailles et arrangé quelques affaires à Antibes, il est revenu à Paris et m'a invité à dîner avec l'architecte Dick Williams. Nous nous sommes rejoints pour l'apéritif au Café de Flore où il avait l'habitude de retrouver chaque semaine d'autres architectes des anciennes avant-gardes. Il pensait nous emmener à la brasserie Lipp, de l'autre côté du boulevard Saint-

Germain, mais il a finalement opté pour un bon restaurant de poissons. Après le dîner, nous sommes allés prendre les cafés et cognacs sur la place de l'Alma. Là, il s'est tourné vers moi et m'a dit que puisqu'il vivait seul désormais, il serait content de m'inviter l'été suivant chez lui à Antibes, on s'assoirait sur la terrasse, on boirait du vin et je pourrais faire toutes les recherches pour ma thèse. Deux mois plus tard, il était mort. Le cœur brisé, j'en suis sûr. J'écris ça, encore aujourd'hui, des larmes sur le visage. Je me souviens de cette soirée avec clarté et tendresse. »

Beaucoup de choses me plaisent dans ce récit. D'abord, les amitiés entre Mike, Alec, David et Gabriel, qui justifient à elles seules notre présence dans le système solaire. Ensuite, j'aime apprendre que Guévrékian a mis la main à la rue Mallet-Stevens, à Paris, où ont vécu les sculpteurs Jean et Joël Martel. Je connais cet endroit. Je l'ai souvent fréquenté, jeune homme, pour y dessiner. J'allais aussi à la Fondation Le Corbusier, toute proche, à l'autre bout de la rue du Docteur-Blanche, avec ses chaises longues en peau de vache et son toit-terrasse interdit d'accès où je trouvais parfois le moyen de me glisser. Ces îlots d'architecture ont vieilli en demeurant futuristes. Ce sont des conservatoires d'élégance et d'utopie. Au fond de la rue Mallet-Stevens habitait Claude Piéplu, la voix des Shadoks de mon enfance. Au numéro 12, Mallet-Stevens s'était conçu et bâti un appartement et une agence. Au 5, parce que la tragédie défonce toujours les portes du luxe, l'Abwehr, contre-espionnage allemand, avait installé pendant l'Occupation un centre d'interrogatoire – il faut lire de torture – où Michel Hollard, chef du réseau Agir, a subi les supplices de la baignoire et du passage à tabac sans livrer aucun nom.

J'aime aussi penser que Mike et Gloria ont fait ce saut sur la Côte d'Azur en 1968. On s'est ratés sur la plage de La Napoule. Ils y étaient en avril, moi en juillet de la même année. J'avais quatre ans, j'apprenais à nager en buvant la tasse et mon moniteur portait t-shirt rouge, verres fumés, gourmette et large sombrero retenu par une cordelette tressée. Faut-il que j'aie eu la trouille de cet homme pour m'en souvenir avec un tel luxe de détails.

Ce dont je me réjouis le plus, rétrospectivement, c'est que Notaras ait été ce prosélyte du dessin d'observation, refilant sa fièvre à d'innombrables étudiants américains au premier rang desquels son chouchou, Mike. Mike m'a aimé avant de me rencontrer pour la raison que je fais du croquis, comme lui, et que mes croquis lui plaisaient. Notaras, longtemps avant Juliette, l'avait déjà bien disposé à mon égard.

Une troisième source m'a informé sur Notaras ; l'architecte Jean Castex, qui a enseigné l'histoire de l'architecture et dirigé un laboratoire de recherche à l'école d'architecture de Versailles. Dans son appartement avec vue sur le jardin du lycée Hoche, ses croquis à la sanguine, à la plume, au fusain et au crayon couvrent les murs. Ils sont autant de fenêtres dont l'une ouvre sur les sites mayas du Mexique quand sa voisine de droite regarde la basilique de Vézelay et celle de gauche un monastère de la mer Égée. Certains dessins sont parfois très proches de ceux de Mike, et pour cause : ils ont été faits au coude à coude. Jean a l'âge de Mike, l'a bien connu (il y a dans *Draw* une vue au crayon gras prise depuis la salle à manger de Jean, avec au premier plan une bouteille de saint-julien à peine vidée), et j'ai mieux compris la contagion de dessins d'observation qui s'est emparée de ces hommes à un océan de distance ; elle leur vient d'avoir croisé de près ou de loin les mêmes figures. Notaras, je l'ai dit, a été l'assistant d'Arretche, lui-même « patron » de Castex dans les années soixante, à qui il intimait de sa voix impérieuse et zozotante : « Deffinez, Caftex, deffinez fans feffe ! Deffinez la ville ! »

Au moment où Mike et Gloria regardaient voler les pavés depuis les fenêtres de leur petit hôtel du square Langevin à Paris, Jean bénéficiait lui aussi d'une bourse et passait une année aux États-Unis où les campus n'étaient pas plus calmes. Ils ont pris au même moment le pont invisible en sens opposé et sont allés contracter chacun le virus du continent de l'autre. Jean est devenu imbattable sur les gratte-ciel de Chicago, Mike et Gloria sur les monuments historiques du Vieux Continent. Plus tard, quand ils se seront rencontrés et appréciés, leurs voyages coïncideront : Jean rejoindra Mike à Santa Fe et ils iront en plein cagnard dessiner les pueblos et les kivas du Nouveau-Mexique. « Like mad dogs and Englishmen », disait Mike, en allusion à l'impayable chanson de Noël Coward qui affirme que les chiens enragés et les Anglais sont seuls au monde à sortir tête nue sous le soleil de midi. En 1989, Jean s'agrégera au groupe cornaqué par Alec et Mike sur l'île de Patmos, en Grèce. Il se souvient des soirées où professeurs et étudiants alignaient contre un mur à l'abri du vent les croquis du jour pour une séance rituelle d'échanges de commentaires. Sous le ciel bleu du Dodécanèse, il ne manquait que les toges à ces assemblées pédagogiques où l'on discutait ferme du Beau et du Bon dans le cri-cri des cigales. Quand j'ai demandé à Jean de me peindre Notaras en un mot, il m'a dit « l'ironie ». Notaras jouait donc Socrate pendant que Mike faisait Pythagore, insistant sur la maîtrise des cadrages et des formes pour capter la musique du lieu. « Dessine un sol à tes maisons. » Ce conseil précède encore Jean aujourd'hui chaque fois qu'il attaque une esquisse.

En 1989, j'avais vingt-cinq ans, j'aurais pu faire partie de ce groupe si j'avais été un petit gars de l'Illinois. Je ne suis pas un petit gars de l'Illinois, je ne connaissais ni Mike ni Jean à l'époque, j'ai commencé à pratiquer le dessin d'observation comme discipline rigoureuse à l'âge de vingt-sept ans, je n'avais donc aucune chance d'être du voyage. Mon cœur se serre pourtant de n'en avoir pas été. Surtout en tombant, dans les fardes de Jean, sur un croquis de l'église et du couvent de Patmos dont je connais très bien la version de Mike et dont la sienne atteste qu'ils ont travaillé à un mètre l'un de l'autre. C'est cette sensation physique de proximité qui me mord un instant. La morsure est absurde ; j'aurais sans doute, à l'époque, trouvé toutes sortes d'excuses pour ne pas suivre Mike, ainsi que je l'ai fait en 2008 quand il me proposait de le rejoindre à Santa Fe. J'y suis prêt aujourd'hui mais, comme souvent, prêt trop tard. Alan disait, pour congédier ce genre de gamberge : « Ne regrettons rien. Si mon histoire avait été autre, nous ne serions pas en train de discuter ce soir. »

Jean m'a mené, après avoir partagé une copieuse saucisse mijotée dans des fèves, à l'école d'architecture de Versailles, voir le bâtiment qui a abrité le programme d'échange avec l'Illinois et le bureau de Notaras. Nous nous sommes heurtés, au rez-de-chaussée, à une porte cadenassée par un code. Jean est retraité depuis plus de dix ans de cet établissement dans lequel il a tant travaillé. Il reste désormais au seuil de pièces peuplées d'inconnus qui ouvraient jadis sans sésame sur des amis.

Les étudiants américains, depuis 2013 et après quarante-sept ans de présence, ont quitté la France pour Barcelone. Jean est de ceux qui ont tout fait pour maintenir ce programme à Versailles, en vain. Il ne s'encombre pas de nostalgie ; il constate, comme chaque personne qui atteint un certain âge, que de rotation en rotation, tout dans le monde sans exception est remplacé. Chacun des monuments et des paysages aux allures éternelles affiché à ses murs le sera aussi tôt ou tard.

*

Mike me demande de lui passer un exemplaire de *Draw* posé sur la table basse. Il le feuillette et se met à commenter certains dessins. Je n'imagine pas qu'il ait oublié une seule seconde qu'il va mourir, mais dans notre voiture poussive en route vers le précipice, l'évocation d'un métier et d'un être aimés a réactivé l'autoradio, la climatisation et les phares. Au lieu d'avancer dans une obscurité froide et silencieuse, on retrouve un peu d'harmonie, de chaleur et de lumière. Ça ne change pas notre destination, ça ne l'éloigne pas, ce n'est même pas une pause, ça faiblit déjà à peine paru mais c'est un agrément dont on profite. Mike trouve la force de transformer une course à la mort en une escapade vers le passé. Une petite virée. Ce qu'on n'aura jamais fait ensemble. Et c'est son verbe qui réussit ça. Ses mots bien choisis, le ton qu'il emprunte. Il me donne l'illusion d'un demi-tour, la sensation qu'on va de nouveau vers la vie. L'évasion est vouée à l'échec, on va être repris dare-dare, mais c'est bon d'être libres quelques minutes. Et comme ça a été beau d'exister… Il me le laisse entendre dans tout ce qu'il dit : comme ça a été beau d'exister ! Ce constat nous remplit d'une sorte d'ébriété. Des forêts de bois de construction et des ruisseaux à truites apparaissent au détour de notre chemin de croix. On doit être en altitude, dans l'Utah. Mike a beaucoup pêché la truite à l'hameçon ébarbé avec son copain Al, qui herborise les fleurs sauvages comme Rousseau et en sait le nom latin. Ils ont bouffé quelques truites et relâché la plupart, après que Mike avait bien détaillé et dessiné un de ses motifs favoris au monde : les ocelles de leur dos. La paille chaude qu'on respire par les fenêtres ouvertes, c'est celle qu'adolescent il piquait à la fourche pour en empiler les ballots sur une charrette, dans la ferme de sa grand-mère. Apparaissent des maisons de Frank Lloyd Wright – un gars du Wisconsin, comme lui – ou de Louis Kahn – un gars qui noircissait des carnets de croquis, comme lui – mêlées à ses propres projets ou réalisations ; des rêves de villa sur le Pacifique, au Costa Rica. La maison de son frère Patrick dans leur patelin d'enfance (c'est fort d'avoir construit une maison pour son frère dans le village qui les a vus naître. Moi qui suis fils unique, ça me rend soudain désirable l'idée d'un frère, à laquelle d'habitude je ne pense jamais). Une luxueuse villa du côté de Salt Lake City, entièrement conçue comme une maison-témoin pour un fabricant de fenêtres de haute technologie. Une résidence au bord d'un lac du Minnesota avec des toits courbes sur lesquels il aura beaucoup cogité. Un campus de formation aux métiers de l'environnement qui draine des étudiants de tout le Midwest. Aux murs, des tableaux de fleurs et de squelettes d'animaux peints par Georgia O'Keeffe, sa voisine du Nouveau-Mexique. Aux balcons, Notaras et les cohortes d'élèves dont ils ont pris prétexte depuis trente ans pour écumer l'Europe des origines. L'Italie, en particulier, qui est entre Mike et moi comme un trait d'union tout en longueur. Peu importe qu'on ne l'ait pas sillonnée ensemble. Il suffit qu'on prononce : Italy. Ça se dit pareil en français et en anglais, ça tombe bien. On n'a qu'à fermer les yeux, lever les sourcils, aspirer lentement par les narines. C'est à nous deux. Il est dans mon paysage, sur la côte ligure, je suis dans le sien, sur la côte amalfitaine. La France, aussi. Extraordinaire comme Mike connaît la France. On dirait que la France tient toujours pour lui ses promesses les plus féeriques. Son regard ne s'est pas usé, son jugement ne s'est pas blasé. Il est en France comme j'ai été au Japon ; tellement frappé par ce que le pays a de beau et d'éternel que même ses défauts les plus crasses ne le dérangent pas.

Voilà, on vient de passer un bon moment. Mike paie ce bon moment du même prix qu'un mauvais : par l'épuisement le plus complet. Maintenant il faut se taire, remonter à l'étage et se coucher. Dans l'escalier, il accepte mon bras.

L'issue de certains cancers est volcanique (Alan me disait : « Tu verras que j'exploserai » et c'est ce qui est arrivé : septicémie, attaque cérébrale). Le cancer du foie procède par épuisement. Mike s'endort sitôt allongé.

*

Gloria est de retour des courses, on les range ensemble dans la cuisine. La nuit descend. Je lui dis mon idée de photographier la maison de Juliette. Elle va chercher l'appareil photo à l'étage. Nous nous asseyons au salon sous les lampes. Elle me montre en deux gestes le maniement de l'appareil et me le confie. Puis c'est elle qui se confie.

Elle parle avec une certaine lenteur, une habitude accusée par la fatigue. Sa maîtrise continue de m'impressionner. Je le lui dis. Tu tiens le coup. Tu portes la maison. Tu ne t'écroules pas. Elle en convient, avec une nuance d'étonnement.

On peut toujours s'attendre à une conversation calme et réfléchie avec Gloria comme avec Mike. Cette faculté a dû compter dans la longévité de leur mariage et dans l'attraction qu'ils exercent sur leurs amis. Une intelligence pratique, une culture générale de voyageurs, un recul d'expérience sur les sujets essentiels font de leur couple un point de repère bien visible, bien net, deux profils taillés dans le même roc du mont Rushmore. Ils restent jusqu'au bout ce qu'ils ont toujours été, des gens sensés qui s'accordent et, le soir, s'enlacent dans leur lit. Cette constance est extraordinaire à observer. J'ai vu des couples redoubler d'engueulades à l'approche de la mort. Ce n'est pas qu'ils ne s'aimaient pas mais leurs rôles étaient distribués depuis trop longtemps pour qu'ils en changent. La panique de se perdre ne trouvait pour s'exprimer que les répliques éculées de leur répertoire. Pour se dire « je t'aime », ils continuaient à se lancer « tu m'exaspères » mais un ton au-dessus. Une autre forme de constance.

David, cité tout à l'heure, m'a écrit : « Depuis le tout début – et c'était il y a presque cinquante ans ! – je n'ai jamais vraiment pu penser à eux comme à Mike ET Gloria, mais comme à MIKEETGLORIA, avec tout ce que ça implique sur la profondeur avec laquelle ce qui lui arrive peut être ressenti par elle. »

Nos parents et amis qui ont la tête sur les épaules ne sont pas seulement des référents au guichet desquels il fait bon toquer pour obtenir un conseil. Ils ont un rôle, dans nos vies, beaucoup plus important : c'est grâce à eux qu'on essaie de croire en nous-mêmes. C'est parce qu'on les voit maintenir leur équilibre et agir dans des situations difficiles qu'il nous arrive d'imaginer en faire autant. Face aux êtres qui se comportent en barriques folles ayant rompu toute amarre, face aux êtres qui se cuirassent et roulent délibérément sur les autres, face aux êtres immobiles et murés, ces gens clairsemés à l'air vulnérable comme des quilles se révèlent, sous les chocs, des piliers. Ils en sont souvent les premiers surpris.

Je reçois une leçon d'urbanité dans cette maison où vivent deux grands blessés ; l'un mortellement, l'autre qui survivra avec de graves séquelles. Définition du mot « urbanité » dans mon vieux *Larousse* décousu de 1976 : « Politesse que donne l'usage du monde. » Ils m'accueillent, me nourrissent, conversent, pratiquent l'amitié jusqu'à la fin. Voilà ce que j'appelle des piliers.

Je n'ai qu'une alternative avec Mike, si Mike ne met pas lui-même sa mort sur le tapis : parler d'autre chose. Je n'ai qu'une ressource avec Gloria : en parler. On en a besoin tous les deux. J'ai besoin de parler maintenant de la mort avec Gloria comme j'avais besoin de m'en distraire tout à l'heure avec Mike. C'est que je suis celui qui prétend aider. J'accompagne chacun sur sa pente et j'essaie… je ne sais pas trop ce que j'essaie au juste. J'essaie de me faire pastille collée au mur et dévissée d'un quart de tour qui diffuserait dans une pièce confinée un discret arôme *pin des Landes*. Il ne saute pas aux narines mais, quand un effluve passe, on n'est pas mécontent qu'il soit là.

Gloria n'a pas perdu la mort de vue depuis un an et demi et elle doute de jamais reprendre ses distances. Quand Mike aura disparu, elle ne quittera pas sa faction. Elle enjambera la frontière du veuvage et reprendra son poste de l'autre côté, dans une cahute plus étroite, sur une route plus désertique et plus sombre. « Qu'arrive-t-il aux gens qui s'aiment ? Ils ont ce qu'ils ont, je suppose, quoi que ce soit, et ils sont un peu plus heureux que d'autres. Ensuite, l'un des deux éprouve le vide à jamais. » Hemingway écrit ça dans *Au-delà du fleuve et sous les arbres*.

Veuve, une part d'elle-même l'est déjà. Le chemin qui mène à un veuvage annoncé ressemble à une grossesse en creux. L'esprit se projette vers la future absence avec l'entêtement et la crainte superstitieuse qu'il mettait, aux jours heureux, à se projeter vers la future présence. Il redoute d'être libéré avant terme mais il lui arrive, dans les douleurs, de l'espérer. Au lieu de meubler et d'outiller la maison, il la vide et la condamne en imagination. Il se pose les mêmes questions au seuil de chaque obstacle : serai-je à la hauteur ? Vais-je m'en sortir ? Et il dégringole palier par palier dans toujours plus d'insupportable pour constater, contre toute attente, qu'il le supporte.

La mort n'est pas la souveraine déesse qu'on dit. La mort est très largement débordée par la vie. Elle court à droite et à gauche pour faucher tout ce qui bouge mais à peine passée, la vie repousse. Il ressort de notre conversation que la mort n'est que le porte-flingue d'une entité beaucoup plus puissante qui est la solitude. C'est la solitude qui commande, dans l'univers. C'est elle le Parrain. Mike ne meurt pas seul, mais il sera seul à mourir. Gloria n'est pas seule à rester, mais elle restera seule. La solitude gagne à tous les coups. Or, la solitude, ils ne l'ont pas connue. Elle est le lot plus ou moins sporadique de la plupart d'entre nous, elle n'a pas été le leur. Ils ont toujours été ensemble. Depuis le jardin d'enfants de Willard, Wisconsin, Mike est dans le champ visuel de Gloria. Depuis un demi-siècle, ils partagent leur quotidien. Ils vivent en ce moment un tremblement de terre qui fissure leur sol avant de l'effondrer. Mike va disparaître à jamais dans une crevasse, c'est une affaire de jours. La question de Gloria est celle-ci : considérant que chacune de ses qualités, de ses habitudes, de ses pensées, de ses terminaisons nerveuses est reliée par un fil de nylon à sa symétrique chez Mike, est-ce que Mike ne va pas toutes les entraîner dans sa chute ? Ne va-t-il pas laisser Gloria entièrement dépouillée d'elle-même sur le bord de la crevasse refermée ? Empêchée de vivre ? Sans parler des responsabilités qu'un homme aussi énergique et dégourdi a assumées depuis toujours pour la bonne marche du quotidien.

Désemparée comme elle le sera, saura-t-elle les prendre en charge ?

Personne d'autre que Mike n'a le droit de dire à Gloria : « N'aie pas peur. » À la veille d'une opération de l'œsophage qui menaçait de le tuer, Alan m'avait dit « n'aie pas peur ». Lui seul pouvait me le dire et susciter en moi un peu d'apaisement. Je ne l'aurais toléré de personne d'autre. Il n'y a que les gens directement exposés au danger qui peuvent nous intimer de ne pas avoir peur.

Entre gens qui ont peur, on n'a que la ressource d'exprimer la peur en faisant un effort de clarté et de sincérité. Chercher les mots pour la dire. Ne pas la noyer sous la neige carbonique, ne pas prétendre s'en détourner. Poser la peur sur la table, à la lumière, la déployer et la décrire dans ses détails les plus triviaux pour s'aviser qu'on a tous à peu près la même. Le moindre rogaton de peur en commun nous rapproche. Plus on trouve honteux ces bas morceaux de peur qui nous battent les flancs, plus on répugne à les dévoiler, plus il y a de chances que l'autre les reconnaisse comme siens. S'il est stupide ou cruel, il s'en servira contre nous. Quelqu'un de bienveillant nous saura gré de les lui avoir montrés. Il saluera notre franchise. On aime Kafka pour cette raison. Cet aveu sincère de faiblesse est le seul antidote digne aux plaintes, aux mensonges, aux insultes, aux menaces, aux braillements inarticulés que la peur nous met si spontanément à la bouche.

Moi aussi, depuis que je tiens aux gens, autant dire depuis toujours, j'ai peur de les perdre. Je passe ma vie dans l'antichambre de la mort de mon entourage, avec la hantise qu'une porte s'ouvre, qu'un téléphone sonne, qu'un écran s'allume pour l'annonce d'une nouvelle qui me pulvérisera. Une proportion importante de mes gestes et de mes mots d'amour est entachée par ce mobile : agir en fonction de la mort. « Embrasse-la parce qu'elle va mourir. » « Téléphone-lui puisqu'il va mourir. » « Écris-lui puisqu'un jour elle mourra. » « Pars en vacances avec eux puisque tous, tôt ou tard, ils mourront. » « Réponds gentiment, sinon tu t'en mordras les doigts quand cet homme sera mort. » « Fête son anniversaire, on ne sait jamais. » « Pose-lui cette question tant qu'il est temps. » Je vois bien que cet alibi m'aiguillonne, commande beaucoup de mes actions quand je resterais volontiers oisif et inconséquent. L'alibi de ma propre mort prochaine aussi, bien sûr : « Regarde ce coucher de soleil sur les toits, tu le paies du prix de ta détérioration physique au cours des ans et de ta disparition. » « Tire deux coups plutôt qu'un puisque tu vas mourir. » « Écris ce livre, pour laisser une trace. » Et pourquoi pas ? On pourrait dire : peu importe le mobile pourvu que les choses soient faites. Mais non. Il suffit de comparer le goût d'une action désintéressée à celui d'une action gouvernée par une arrière-pensée ; c'est celui d'un fruit mûr mangé sitôt cueilli contre celui d'un fruit à la croissance forcée dans une barquette sous cellophane. Une caresse qui n'est ni une rétribution ni un dédommagement dégage une saveur sans égale. Une caresse mue par un calcul est toujours pourrie.

*

J'ai constaté que Mike pouvait sortir un instant du malheur. La même permission n'est pas accordée à Gloria. Dans le duo que forment celui qui va mourir et celui qui va rester, le survivant ne s'autorise pas, en général, à perdre la mort de vue. Il a peur qu'elle ne profite du moindre assoupissement pour passer à l'acte. Il est rivé à la mort jour et nuit. Je parle ici du survivant viscéralement attaché au mourant, pas du survivant flottant, fragilisé par toutes sortes de sentiments contradictoires. Personne n'est à l'abri de sentiments contradictoires face à l'agonie d'un être aimé, à commencer par les exigences inconciliables que la vie continue et que les souffrances cessent. Dans l'amour courageux, les réflexes les mieux enracinés l'emportent et le survivant assiste le mourant en battant tous ses records personnels d'abnégation, comme Gloria est en train de le faire. Chez l'amour fragile, l'épreuve peut engendrer une paralysie, un effondrement, une fuite. Il arrive aussi qu'on craque et se ressaisisse, bien sûr. Plusieurs fois. Ce qui signe l'amour courageux, c'est d'être présent et utile jusqu'à la fin, même au prix de passages à vide. L'amour courageux accompagne l'être aimé à la dernière marche de l'escalier, il s'expose frontalement à la mort mais s'il survit au deuil, il a tendance à cicatriser mieux que l'amour fragile. L'amour fragile déserte, il cède à l'instinct de conservation immédiat au risque de s'empoisonner plus tard, après le décès, par le remords de n'avoir pas tenu son poste. Aucun humain, sauf empêché par un handicap rédhibitoire, ne devrait être incapable d'assister un mourant. Aucun n'est à l'abri de ne pas y parvenir. Et ce n'est pas parce qu'on a su le faire une fois qu'on saura le refaire. On est toujours menacé de faillir. Le mourant, dans sa lutte contre ce qui l'entraîne, confond parfois le survivant avec l'ennemi. Il le congédie, l'injurie, lui lance avant de disparaître les obscénités et les malédictions les plus effrayantes. Ça peut durer des jours et des nuits. Pas évident à avaler ni à digérer. Le survivant a beau se dire : « Ce n'est pas lui qui parle mais un esprit déréglé et méconnaissable que, lucide, il serait le premier à démentir », un doute subsiste. Un épisode de délire ne libère-t-il pas in extremis la seule vérité d'une relation faite depuis toujours de faux-semblants ?

L'amour le plus fort doute jusqu'au bout d'être fort.

Il se sent tellement impuissant, tellement épuisé qu'il ne se rend pas compte qu'il est en train de réaliser des prouesses. L'amour est vulnérable de naissance, souffre le martyre, n'est jamais assuré de ses moyens, craint de se renier jusqu'à la dernière minute et même au-delà. Il a toujours peur de ne pas exister.

*

John vient me chercher en sortant de son hôpital pour m'emmener dîner chez lui.

See you tomorrow, Gloria. Au revoir et à demain. Cette expression neutre me dispense d'un « bonne soirée » incongru. J'ajoute quand même : tâche de te reposer. Je fais toujours des recommandations inutiles quand je quitte les gens et me trouve idiot pendant et après. C'est pour meubler. Je sais mal dire au revoir. Je sais encore plus mal dire adieu, ce que pourtant je suis venu faire.

On passe par Whole Foods s'acheter quelques plats préparés. La bouteille, pas la peine, il paraît qu'elle nous attend à la maison.

John, je l'ai dit, est l'ex-compagnon de Juliette et le père d'Alexandra. Il a accompagné la mission de Médecins sans frontières en Afghanistan que Didier Lefèvre, Frédéric Lemercier et moi avons racontée dans *Le photographe*. En le suivant entre les gamelles de taboulé et les distributeurs de noix de pécan, dans le tumulte de cette fin de journée qui contraste si fort avec le huis clos d'où je viens, j'ai de l'allégresse.

Petit, je rêvais la nuit que mes dessins vivaient. Je me rappelle un rêve que j'ai dû faire à sept ans, où je dessinais un Lucky Luke grandeur nature, aussi beau que le vrai, sur une feuille géante qui couvrait tout le sol de ma chambre. Le dessin fini, Lucky Luke est sorti de la feuille. Le moment où il s'est dressé sur ses bottes pour passer de la deuxième à la troisième dimension reste gravé dans ma mémoire comme la scène finale d'*Ordet*, le film de Dreyer, qui dépeint une résurrection. J'ai vu Lucky Luke transfiguré. Ensuite, il m'a accompagné à l'école avec son Stetson, sa clope, ses colts et ses éperons. En descendant ma rue, je bouillonnais de fierté de donner la main à Lucky Luke. J'arquais les jambes en marchant, comme lui. Je jouissais par avance de la surprise jalouse des copains. L'austère Dieu de Dreyer n'a pas voulu que ma fierté se transforme en vanité : il m'a réveillé.

Voici que je retrouve Lucky Luke, quarante ans après cette interruption du son et de l'image. Il slalome devant moi dans les travées de Whole Foods en remplissant son petit panier.

John aussi, je l'ai d'abord connu en deux dimensions. Il était sur les photographies en noir et blanc de Didier qui m'ont permis de le dessiner, lui et les membres de la mission afghane. J'ai vécu trois ans avec eux, en conversant avec Didier qui me les décrivait (les imitait, même, vocalement et physiquement), en écoutant les cassettes de nos conversations pour les transcrire, en scrutant les quatre mille clichés des planches-contacts à la loupe, en rédigeant leurs dialogues et en les dessinant des dizaines et des dizaines de fois chacun. Tout cela avant de les rencontrer. Ensuite, j'ai poursuivi mon boulot en les connaissant, c'était différent.

John avait une allure particulièrement typée dans l'équipe : il était le seul, au sein de la caravane des *French Doctors*, avec Ronald, un médecin hollandais, à n'être pas français ou afghan. C'était l'Américain dans toute sa vigueur : grand, blond, baraqué, regard clair et accent à couper au bistouri, aussi habile à la chirurgie osseuse qu'à la pêche à la ligne. Pas question qu'un gars du Vermont se balade sous son identité dans un pays occupé par les Soviets. On le disait canadien. Sur les pistes, il n'était pas celui qui se fondait le plus aisément dans le décor. Il préférait le turban au pakol, le bonnet de laine traditionnel que les portraits de Massoud ont popularisé. Régis le Gascon et Robert l'Ardéchois, bruns de poil et s'exprimant couramment en dari, campaient des Afghans plus vraisemblables.

En 1991, Juliette a contribué à fonder MSF USA, la branche américaine de l'organisation. Le studio Warner s'est intéressé de près à son histoire et lui a proposé d'être incarnée à l'écran par Meryl Streep quand le rôle de John serait tenu par Robert Redford. Juliette a décliné la proposition. Elle ne voulait pas que le cirque Barnum envahisse, avec tambour et trompette, les missions clandestines de MSF. Elle avait tenu tête dix ans à l'Armée rouge, elle a fait plus fort : congédier Hollywood.

Il existe des bibliothèques de traités sur la manière dont les comédiens s'approprient leurs rôles. On parle moins de la manière dont un peintre ou un dessinateur s'empare d'une physionomie. Il y entre un peu du métier de John, la médecine d'urgence. Quand je dessine quelqu'un, si je ne truque pas, si je ne suis pas en pilotage automatique, je sens un afflux d'adrénaline libéré par un risque. On l'appelle le risque de rater mais le terme est faible. Il faudrait dire le risque de dénaturer. Si je dessine quelqu'un qui existe ou a existé, le risque de le trahir, de créer un alias contrefait qui porte son nom mais ne le représente pas. J'installe le corps, je déplace ses membres jusqu'à lui trouver la posture adéquate, je le prépare, je le jauge, puis viennent quelques gestes qui consistent à y faire entrer et circuler la vie. C'est le cœur de l'opération. L'ajout d'une narine le ventile. L'ouverture d'un œil fait que je lui donne conscience. Cette conscience est troublée ou sereine en fonction de la courbe que j'imprime au sourcil. Ma capacité à représenter ses mains, à délier ses doigts en fera quelqu'un d'habile ou de maladroit. Dans les deux cas, cette personne me ressemblera. Je ne pense pas « je dessine » mais plutôt « je suis penché sur quelqu'un qui a besoin de moi ». J'accomplis symboliquement ma vocation en ce bas monde qui est d'être penché sur quelqu'un qui a besoin de moi. Je m'y exerce. J'essaie d'être efficace. Je me tiens à l'écart autant que possible de trois écueils : être penché sur quelqu'un pour qui je ne peux rien, être penché sur quelqu'un que je détruis ou n'être penché sur personne. L'impuissance, la violence, la solitude. Et je me distrais de la corvée d'être penché sur moi-même.

Si je répète la procédure de nombreuses fois, je finis par entretenir avec une effigie le genre de familiarité qu'on a avec les gens qu'on serre dans ses bras. Autant dire qu'avant de rencontrer Juliette, John, Évelyne, Sylvie, Robert, Régis, Mahmad, j'avais déjà une grande intimité avec eux.

Je me souviens de la jubilation qui m'a saisi quand je les ai vus pour la première fois en chair et en os. Lucky Luke s'était levé de la feuille. Mes dessins marchaient, parlaient, me serraient la pince. C'était Juliette. C'était John. C'était Évelyne et Sylvie. C'était Robert, Régis et Mahmad. Je me le répétais intérieurement comme un gars qui essaie de se convaincre qu'il participe à la communion des saints. L'habitude a tempéré cette émotion, elle ne l'a pas éteinte. Elle me reprend chaque fois que je les croise, ensemble ou séparément. John, pour des raisons évidentes d'éloignement, est un de ceux que je fréquente le moins. Alors que nous nous acheminons vers sa voiture, je revois superposés à sa silhouette mes dessins à l'encre de Chine qui tentaient de rendre justice à sa haute stature de baroudeur en turban. Pendant qu'il tâte ses poches pour y trouver sa clef de contact, il ne se doute pas qu'il est ainsi tout habillé de son passé.

*

Trois heures après, il me raccompagne. On a parlé, on a ri, on a fait un sort à nos victuailles. Il m'a offert une paire de chaussettes triple épaisseur garantie à vie. Rousse et blanche. Marque Smartwool®. La laine futée. Deux gars seuls dans une grande maison, même si ce ne sont plus des galopins, même si la maison est à l'un d'eux et témoigne de sa réussite matérielle, passent forcément une soirée d'adolescents prolongés. Surtout si le premier a côtoyé un copain mourant et le second a opéré des patients en urgence toute la journée. Il y a quelque chose d'un geste médical dans le fait de s'offrir réciproquement une tranche de rigolade. C'est de la prophylaxie telle que la définit mon *Larousse* : « Ensemble des mesures destinées à empêcher l'apparition ou la propagation d'une ou plusieurs maladies. » On s'est opposés à la propagation du cafard par l'ensemble des mesures à notre portée ; pinard capiteux, cuisses de poulet, chauffage central, sièges confortables et petites anecdotes marrantes. John est un toubib-né. S'il vous voit faiblard, il vous administre ce dont vous avez besoin. Didier s'en souvenait : travaillé par une furonculose pendant son premier séjour afghan, il avait vu John, sans façons, lui saisir le bras et peler un de ses bubons au couteau suisse. John a toujours en poche de quoi vous ouvrir pour trouver et réduire ce dont vous souffrez. Il s'applique à lui-même cette curiosité professionnelle. Juliette m'a raconté qu'elle l'a trouvé chez eux, un jour, évanoui entre la baignoire et le lavabo. Il était en train de s'opérer tout seul et avait poussé ses investigations un peu trop loin. L'anatomie n'a aucun recoin secret pour lui. Pas une veinule où il n'ait fourré le bout du scalpel. Nonobstant leur séparation, Juliette le consulte toujours, par-dessus l'océan, pour les gros pets de travers. « C'est le meilleur urgentiste que je connaisse. Il a l'esprit médical comme d'autres ont l'esprit juridique. Il mobilise dans l'instant tout son savoir et toute son expérience dès qu'il est informé d'un symptôme pour en trouver l'origine. » Didier me confiait, en dépit du traitement de choc qu'avait reçu son furoncle : « S'il fallait que je place ma survie entre les mains de quelqu'un, ce serait sans hésiter celles de John. »

J'ai des copains artistes ou artisans dont je regarde les mains en me disant : les prodiges qu'ils font sortent de leurs dix doigts. J'admire les mains comme des personnages autonomes. Je n'arrive pas à les voir en simples terminaisons des bras. Elles ont trop de caractère pour n'être que fonctionnelles. Sexe mis à part, qu'on exhibe moins couramment et qui gagne à ce mystère une plus-value démesurée, il n'y a que les yeux et la bouche pour rivaliser en intensité d'expression avec les mains. Celles de John ont sauvé un nombre de vies qu'il est difficile de comptabiliser. Il ne faut pas abuser du terme « sacré » mais à quoi sert-il s'il ne s'applique pas à ce qui nous sauve ? En rapiéçant la mâchoire inférieure du jeune Amrullah, arrachée par un shrapnel, au point de lui restituer son apparence et son usage, les mains de John ont acquis pour moi, du jour où Didier m'a montré cet exploit sur ses planches-contacts afghanes de 1986, un caractère absolument divin. Il lâche le volant et m'en tend une. On est arrivés devant ma porte.

« Je viendrai te chercher après-demain pour t'amener à l'aéroport.

— Ah mais non, ne te dérange pas. Je prendrai un taxi.

— Si, si, je viendrai. »

Je salue sa voiture qui s'éloigne en agitant dans l'air nocturne la matraque molle de mes Smartwool® triple épaisseur.

*

Hier soir, je n'avais pas trop le bourdon. Ce soir, je l'ai. C'est d'avoir ri, peut-être. Dessiner ne me vient même pas à l'idée. Je ne suis plus dessinateur. La solitude me tombe sur le râble et je n'imagine personne pour la peupler. La maison devrait m'être familière, elle m'est plus étrangère que la veille. Je doute d'avoir connu un jour une dénommée Juliette qui me l'aurait prêtée. Ai-je vraiment une femme, une enfant, des parents en Europe ? D'ailleurs, y a-t-il une Europe, une Amérique, des continents ? Y a-t-il même un autre côté de la rue où seraient des amis ? N'est-ce pas un bobard dont je me persuade pour me dissimuler que je ne suis relié à rien ni personne ?

John vient de me déposer devant son ancien chez-lui pour que j'ouvre son ancienne porte, grimpe son ancien escalier et aille dormir dans son ancien lit. L'idée de la séparation me tombe dessus. La séparation par la vie ou par la mort. Le sujet de ce séjour. Le plus gros derrick du cafard. Je me lève et monte les marches avec, à ma suite, le râteau de mes séparations. Son bruit de dents qui raclent le sol me suit depuis la classe de maternelle. Le râteau a autant de dents que j'ai de disparus, morts ou vifs. Il en a même davantage puisqu'il est lourd de toutes les séparations que je redoute. Autant dire que plus j'avance, plus il est pénible à tirer. Plus il accroche.

Me voici sur le lit. Il a dû apprendre à n'avoir

chaud que d'un côté. Cette hémiplégie frappe beaucoup d'objets de la vie quotidienne à l'annonce d'une séparation : la voiture, le miroir de la salle de bains, le canapé devant la télévision, la table de la cuisine, les lampes de chevet. Seule une moitié s'active encore. Je me suis allongé à la place qui est presque toujours la mienne, par tacite convention ; la droite. J'ai lu un jour que les hommes dorment assez volontiers du côté de la porte et les femmes du côté de la fenêtre. Un lointain atavisme voudrait que l'homme monte la garde et que la femme puisse s'enfuir. En vérité, par la porte ou la fenêtre, chacun a plutôt tendance à s'en aller. Je me dis, en regardant mon pied droit gratter le gauche : quelle source de mélancolie, quelle fuite de temps et d'énergie la dispute conjugale perce dans nos existences ! Qu'est-ce qu'on s'inflige ! Qu'est-ce qu'on peut en baver ! Et comme on s'amoche à l'exercice ! Notre maigre intelligence, comme on la dilapide dans les embrouilles les plus tordues, les plus avilissantes ! Nos faibles forces, comme on les épuise à mordre et à se défendre ! La notion de temps de paix est toute relative quand nos cages d'escalier résonnent des gueulantes et des coups échangés derrière les portes palières. Avant que la guerre ne rase les maisons, elle les détruit de l'intérieur pendant la paix. Si la famille est le noyau de la société, la guerre familiale est bel et bien un conflit nucléaire. Radioactif pendant des décennies, empoisonnant une, deux, trois générations et pour finir la terre entière. Il paraît que de nombreuses séparations se passent à l'amiable. Je n'en ai pas connu, comme acteur ou témoin, qui ne m'aient attristé. Ça me fait toujours de la peine, une séparation. Quand Jean-François devient « mon ex », quand Véronique devient « la mère de mes enfants », la perte du prénom et son remplacement par une périphrase sonnent à mon oreille comme une dégradation militaire dans la cour des Invalides. Quoique « la mère de mes enfants » ne soit pas dénué de drôlerie. On dirait qu'on parle d'une inconnue à qui on a envoyé un spermatozoïde par la poste. Le spermatozoïde par la poste est le spermatozoïde de demain. La science, en nous dispensant de nous unir, nous dispensera bientôt de nous séparer. En attendant, même Flamands et Wallons, Catalans et Castillans, Britanniques et Continentaux, j'en fais une affaire personnelle, une mélancolie personnelle. Je nous trouve pathétiques de ne pas frayer mieux. Je vois bien, depuis mon enfance, combien nous sommes mal équipés pour nous entendre. Nos montres avancent ou retardent toujours sur celle du voisin. N'est-ce pas parce que les religions s'obstinent à suivre le calendrier lunaire qu'elles sont tellement déplacées dans l'éclairage perpétuel des sociétés modernes ? Une femme couverte de voiles noirs, à midi, sous les néons d'un centre commercial n'est-elle pas l'image vivante de ce décalage horaire ? Nous ne coïncidons que par miracle et le temps d'un éclair, quand une musique de variété nous fait claquer des doigts sur le même rythme. Encore est-ce une coïncidence bien superficielle, souvent, ou fictive. Seulement voilà, il y a Mike et Gloria. Je voudrais, ce soir, pouvoir désespérer en paix de la nature humaine mais il y a Mike et Gloria. Eux, c'est plutôt de la condition humaine qu'ils me font désespérer. Ils ont tellement réussi l'amour conjugal que leur séparation prochaine résonne en moi comme l'annonce d'un cataclysme.

Quand je pense à Juliette et John, une scène du *Photographe* me revient. Elle associe des photos de Didier à mes dessins, suivant le principe de ce livre. La mission de MSF qu'il raconte était clandestine. Elle se cachait de l'armée d'occupation soviétique qui tenait les routes et le ciel d'Afghanistan. Les Soviétiques ont été maîtres du ciel aussi longtemps que la résistance n'a pas possédé d'armes efficaces pour descendre leurs hélicoptères et leurs avions. C'était encore le cas en août 1986. Les premiers missiles Stinger n'ont été livrés à la résistance afghane par la CIA via le Pakistan qu'un mois après, dans le sud du pays. Les médecins et leur escorte devaient donc éviter les routes et surveiller le ciel en permanence. Didier m'a décrit – et montré sur ses clichés – un immense plateau à découvert, entouré de montagnes, dont la traversée inquiétait tout le monde au voyage d'aller. À la mission précédente, pendant que la caravane progressait sur cette étendue déserte, des MiG soviétiques avaient surgi à l'improviste et mitraillé la colonne. Un des moudjahidin était mort.

Impossible d'éviter ce plateau. Impossible de savoir, à cause des montagnes alentour, si des avions étaient à l'approche. Impossible de n'être pas vus s'ils apparaissaient, impossible de leur échapper une fois apparus. Il fallait se lancer en recommandant ses abattis à Allah. Pour limiter les risques, les moudj ont prescrit que l'équipe se scinde et traverse le plateau par groupes de deux personnes, éloignés les uns des autres. Ils offriraient des cibles dispersées, moins faciles à aligner dans un viseur. Juliette et John se sont présentés ensemble à la lisière de ce grand vide. Ils ont attendu leur tour et se sont engagés côte à côte à découvert. Didier est parti seul au même moment, un peu derrière. Il était coutumier de ce genre d'entorses à la discipline. Il suivait avant tout l'objectif de son Leica. Il s'est détaché de la trajectoire que les groupes empruntaient pour marcher en parallèle de Juliette et John, à une vingtaine de mètres. Il les a photographiés plusieurs fois, de profil. Aucun avion ne s'est montré ce jour-là, les seuls bruits de mitraille ont été ceux de son boîtier. Et Didier, tout à sa tâche, a eu la chance de ne pas sauter sur une des innombrables mines antipersonnel qui jonchent le sol afghan.

Didier n'a découvert les photos de cet épisode qu'après développement, longtemps plus tard. C'était ainsi du temps des pellicules, quand on n'avait pas de concessionnaire Ilford ou Kodak à proximité (sur l'Hindu Kuch, ils n'étaient pas légion). J'en ai reproduit dans le livre. On y voit deux petites silhouettes claires-obscures progresser sur un sol lunaire. En fond, la montagne rugueuse les met bien en relief. Le turban de John et le pakol de Juliette sont reconnaissables. Je ne suis pas porté sur les allégories mais un homme et une femme entamant la traversée d'un paysage magnifique et désolé sous un soleil radieux et la menace d'avions de chasse, si ce n'est pas le tableau d'un couple à l'orée de sa vie commune, je ne sais pas ce que c'est.

Seize ans après cette traversée, au moment où j'insérais ces images entre mes dessins, John et Juliette achevaient de se séparer. Ce que les avions de chasse soviétiques n'avaient pas réussi à saccager, la vie conjugale en temps de paix dans un contexte idyllique y parvenait.

Deux cimetières coexistent en nous, celui de nos morts et celui des vivants sur lesquels on a fait une croix. Le second, avec toutes ses croix, est de loin le plus lugubre.

*

Je n'ai pas sommeil. Je lis Rousseau sous la couette. J'attends qu'il me parle de Mike, qu'il me souffle des phrases à lui dire. J'ai espoir dans l'homme du XVIIIe siècle, moins coupé de l'Antiquité grecque et latine que je ne le suis pour trouver des mots plus neufs et profonds que les miens. Je veux que Mike entende le meilleur tant qu'il a des oreilles.

« Mais dans ce désœuvrement du corps mon âme est encore active, elle produit encore des sentiments, des pensées, et sa vie interne et morale semble encore s'être accrue par la mort de tout intérêt terrestre et temporel. Mon corps n'est plus pour moi qu'un embarras, qu'un obstacle et je m'en dégage d'avance autant que je puis. »

Tu entends, Mike ? Ce sont des phrases extraites de la *Première promenade*. Il n'est pas question de toi, ici. Tu n'as pas perdu tout intérêt terrestre et temporel, au contraire, c'est ce qui fait l'enfer de ta situation. Quant à se dégager de l'obstacle du corps, facile à dire.

Rousseau se vivait comme un proscrit. *L'horreur de la race humaine.* Toi, tu meurs aimé. Tu ne meurs pas dans le doute d'être aimé ou la certitude de ne pas l'être. Appuie-toi sur ce privilège pour t'abandonner au songe. Ta vie psychique, je vois bien ce qu'elle fait ; elle prend de plus en plus la tournure du songe à mesure que ta vie physique s'assoupit. Va vers le songe. Sans réticence, tu y as droit. Tu connais le chemin. Tu es un artiste, tu as beaucoup vécu pour et par le songe. On est là, autour de toi, on fait corps. On est fermes. Pose les pieds à plat sur nous et donne une poussée. Détache-toi. En rêvant, tu ne te verras pas finir.

« Nous entrons en lice à notre naissance, nous en sortons à la mort. Que sert d'apprendre à mieux conduire son char quand on est au bout de la carrière ? Il ne reste plus à penser alors que comment on en sortira. L'étude d'un vieillard, s'il lui en reste encore à faire, est uniquement d'apprendre à mourir, et c'est précisément celle qu'on fait le moins à mon âge, on y pense à tout hormis à cela. Tous les vieillards tiennent plus à la vie que les enfants et en sortent de plus mauvaise grâce que les jeunes gens. C'est que, tous leurs travaux ayant été pour cette même vie, ils voient à la fin qu'ils ont perdu leurs peines. Tous leurs soins, tous leurs biens, tous les fruits de leurs laborieuses veilles, ils quittent tout quand ils s'en vont. Ils n'ont songé à rien acquérir durant leur vie qu'ils pussent emporter à leur mort. »

Qu'est-ce qu'on acquiert dans sa vie qu'on peut emporter à sa mort ? La réponse est à la fin de la *Troisième promenade* :

« C'est là qu'il serait temps d'enrichir et d'orner mon âme d'un acquis qu'elle pût emporter avec elle, lorsque, délivrée de ce corps qui l'offusque et l'aveugle, et voyant la vérité sans voile, elle apercevra la misère de toutes ces connaissances dont nos faux savants sont si vains. Elle gémira des moments perdus en cette vie à les vouloir acquérir. Mais la patience, la douceur, la résignation, l'intégrité, la justice impartiale sont un bien qu'on emporte avec soi, et dont on peut s'enrichir sans cesse, sans craindre que la mort même ne nous en fasse perdre le prix. »

Là, il parle de toi. Tu es surentraîné à la patience par le dessin d'observation. Tu es un actif qui sait rester tranquille. Grande force. La douceur est le premier attribut que j'ai remarqué sur ton visage quand tu t'es levé pour me serrer la main, le soir de notre rencontre chez Juliette. Alan, s'il t'avait connu, t'aurait appelé : « Un de ces hommes qui ne font pas de mal. » Résigné, tu l'es aussi. Ce n'est pas inné, c'est récemment acquis. Tu acceptes ton sort, bien obligé. L'intégrité, autant qu'on peut l'avoir, tu l'as. Je ne sais pas si tu as besoin de justice impartiale, elle est comprise, de toute manière, dans la vertu précédente.

Rousseau était le promeneur solitaire, il se souciait de ce qu'il emportait dans la mort. Un solitaire, surtout s'il se regarde comme persécuté, accorde beaucoup d'attention à son bagage. Il n'a que lui. Toi, Mike, qui n'es pas du tout solitaire, tu n'es préoccupé que du monde et des gens que tu laisses derrière toi.

« J'ai pensé quelquefois assez profondément ; mais rarement avec plaisir, presque toujours contre mon gré et comme par force : la rêverie me délasse et m'amuse, la réflexion me fatigue et m'attriste ; penser fut toujours pour moi une occupation pénible et sans charme. Quelquefois mes rêveries finissent par la méditation, mais plus souvent mes méditations finissent par la rêverie, et durant ces égarements mon âme erre et plane dans l'univers sur les ailes de l'imagination dans des extases qui passent toute autre jouissance. »

Ce passage est dans la *Septième promenade*, au début. Je disais qu'en rêvant tu ne te verras pas mourir, en rêvant tu ne t'es pas vu vivre non plus. En te racontant qu'il y avait quelque chose d'intéressant à faire en ce bas monde plutôt que rien, tu as rêvé. Dans un cosmos absolument indifférent à ton sort, tu as imaginé que la pratique artisanale, l'architecture, l'apprentissage et la pédagogie, l'acquisition d'une culture générale, le dessin d'observation, l'amour filial, fraternel, conjugal, paternel, l'amitié, les voyages avaient le moindre sens. Tu as imaginé que peindre à l'aquarelle un iris jaune avait le moindre sens. Tu y as cru. Il a pu t'arriver d'en douter (peut-être un peu chaque jour, peut-être continûment quelques jours) mais il est évident que tu y as cru la plupart du temps. Tu y as cru parce que tu as été heureux et que tu as attribué ton bonheur à la qualité de ces passe-temps, de ces états. Ton rêve a été malmené comme il est inévitable qu'il le soit mais jamais brisé. Même l'annonce de ta maladie ne l'a pas brisé. Aussitôt, tu as fait un livre. Il n'y a qu'un rêveur impénitent pour faire ou lire un livre aux portes de la mort et en attendre un bienfait. Et maintenant, tu veux encore parler d'architecture. Tu veux encore dessiner, demain, avec moi. Tu veux dessiner avec un gars qui collecte des phrases à ton intention dans un texte vieux de deux siècles et demi, en pleine nuit, avec l'empressement qu'il mettrait à chercher un défibrillateur pour relancer un cœur arrêté. Qu'est-ce que c'est que cette croyance vaudoue dans le dessin et la parole ? On nage tous les deux en pleine chimère.

« Plus un contemplateur a l'âme sensible, plus il se livre aux extases qu'excite en lui cet accord (Rousseau parle du spectacle de la nature, *contemplé en masse et dans son ensemble*). Une rêverie douce et profonde s'empare alors de ses sens, et il se perd avec une délicieuse ivresse dans l'immensité de ce beau système avec lequel il se sent identifié. Alors tous les objets particuliers lui échappent ; il ne voit et ne sent rien que dans le tout. Il faut que quelque circonstance particulière resserre ses idées et circonscrive son imagination pour qu'il puisse observer par partie cet univers qu'il s'efforçait d'embrasser.

C'est ce qui m'arriva naturellement quand mon cœur resserré par la détresse rapprochait et concentrait tous ses mouvements autour de lui pour conserver ce reste de chaleur prêt à s'évaporer et s'éteindre dans l'abattement où je tombais par degré. J'errais nonchalamment dans les bois et dans les montagnes, n'osant penser de peur d'attiser mes douleurs. Mon imagination qui se refuse aux objets de peine laissait mes sens se livrer aux impressions légères mais douces des objets environnants. »

Au moment où ton cœur *resserré par la détresse* essaie de conserver un *reste de chaleur*, il me semble que *les bois et les montagnes* que tu as arpentés et dessinés te sont secourables. On n'aurait pas eu la conversation de cet après-midi si l'angoisse les avait effacés. Tes paysages aussi, tu les emportes. N'aurais-tu fait que les parcourir, ils auraient peut-être disparu depuis longtemps. De les avoir dessinés, ils demeurent visibles parce qu'ils sont à portée de main et de mémoire. On a feuilleté *Draw* tout à l'heure. Les croquis que le livre contient ont déplié spontanément les sensations et les anecdotes du passé. Des *impressions légères mais douces*. Tu as pu te les remémorer et me les raconter. J'imagine le même instant si nous n'avions rien eu à feuilleter. Nous n'aurions sans doute pas *osé penser de peur d'attiser nos douleurs*. Avec quelle délicatesse Rousseau dit l'effroi que nous inspire notre propre pensée.

Il parle aussi de *ne voir et sentir rien que dans le tout*. C'est bien beau, le tout. Encore faut-il que le philosophe soit assez ivre pour se le figurer. Quand l'esprit se racornit sous l'effet de la peur, le tout, chez la plupart des mortels – philosophes inclus –, est le premier à plier bagage. Mis à part quelques charbonniers de la foi qui conservent une spiritualité de combat dans les pires situations (je pense encore à Michel Hollard apaisant par la prière, dans le noir, à fond de cale d'un cargo, ses camarades de détention attendant la mort), la métaphysique a plutôt tendance à se dégonfler dès les coups de semonce. Le philosophe chute de l'éther sans limites dans un monde borné et barbelé où il s'écorche. Il en est réduit à ramasser ce qu'il trouve à ses pieds, s'il en a encore la force. À herboriser.

La science nous a appris qu'en scrutant la cellule, on a autant d'étages sous le microscope qu'on en a au-dessus du télescope en observant le ciel. On ne perd donc rien à échanger le tout contre la partie. On a certainement besoin du tout, appellation sous laquelle, comme son nom l'indique, on peut tout loger. Qu'on en ait besoin ou non, d'ailleurs, il s'en moque, il est là. Il se manifeste de temps à autre dans notre poitrine par des poussées d'exaltation ou des accès d'abattement qui correspondent aux inspirations et expirations de notre foi. Le tout, c'est la foi. La partie, c'est autre chose, c'est la connaissance. Le cuisinier sait qu'il peut mâcher une feuille de laurier-sauce. S'il la confond avec une feuille de laurier-rose, par contre, il risque un arrêt cardiaque.

On a donc un besoin vital de la partie, du détail. Les dessinateurs d'observation ont l'habitude de glaner le détail. Ils vouent leur vie à ça. Mon héros, c'est Jean-Henri Fabre : quatre-vingts ans de fréquentation des insectes, dix volumes de souvenirs entomologiques écrits par la plume scientifique la plus littéraire que la France ait connue. Et sept cents planches de champignons soigneusement peints à l'aquarelle. Ou Giono disant : « On me demande pourquoi je ne voyage pas. Ce n'est pas faute d'essayer mais quand je sors de chez moi, en face, il y a le talus. Je n'ai jamais réussi à épuiser les richesses du talus. »

On n'aime pas que les détails se perdent, toi et moi. Tes carnets de croquis sont des sommes encyclopédiques de détails. Ils t'entourent et t'accompagnent jusque dans ton agonie. Ils témoignent que l'existence t'intéresse jusqu'au bout.

Qu'est-ce qu'un détail ? Le pavillon de banlieue vu du train matinal, par exemple. Pendant la seconde où il nous passe devant le nez avec sa courette, son appentis en brique et sa lumière jaune filtrée par les rideaux de la cuisine, il soulève en nous une vaguelette d'émotion. Impossible de reconnaître le bonheur derrière cette petite vague qui s'aplatit sitôt parue. Pourtant, grâce à cette brièveté et à un certain effet de surprise, le bonheur est là tout entier avec une pureté qu'il n'a jamais autrement. Quelqu'un qui ressent de temps en temps une émotion de cette qualité peut s'estimer heureux. Sa sensibilité n'est pas morte avant elle ou lui.

Rien n'est plus important que le détail. Quand on ne perçoit plus le détail, on est dévoyé. Le détail est le sel qui reste quand tout s'évapore. C'est ce qu'on paie du prix de notre vie et qui la rend intéressante. Il y a sans doute une substance cachée dedans mais ce ne sont pas mes oignons. Je m'en tiens aux apparences. Un bon dessin renseigne en profondeur sur son sujet en restant à l'exacte surface des choses. Et plus il est économe, souvent, mieux il sert le détail. D'où la supériorité expressive et documentaire du croquis sur la plupart des dessins chiadés.

Le dessinateur d'observation n'a pas besoin de traquer le détail, il constate que la vie n'est faite que de cela. Il déplore qu'une infinité de détails lui échappe en dépit de sa curiosité et de sa vigilance. Il vit dans la hantise de cette cataracte de détails qui chute devant ses yeux sans qu'il puisse en distraire plus que quelques éclats, même s'il s'approche tout près, même s'il s'immerge dedans. Certains détails, il les néglige pourtant par choix. D'autres, par distraction ou par paresse. D'autres, par lassitude. D'autres, il est empêché de les relever parce qu'il est en train de mourir. Ce ne sont ni les plus spectaculaires, ni les plus significatifs qu'il ait vus au cours de sa vie mais ce sont les derniers. Qui sait ce que pense un dessinateur des derniers détails qu'il voit ? Peut-être qu'il s'en fout. Il a fait une croix sur les détails depuis longtemps. Ça ne le concerne plus. Peut-être qu'il s'en détourne pour ne pas souffrir de leur beauté, de leur intérêt, de toute une pédagogie dont il ne peut plus rien faire. Ou peut-être qu'il ne s'en détourne pas. Toi, tu ne t'en détournes pas. Tu ne cherches pas à anesthésier tes dernières sensations. Tu regardes jusqu'au bout ton entourage et ton décor avec un intérêt formé par soixante ans d'exercice du dessin. Et même si cet intérêt n'a plus aucun avenir pour se muer en projet, il n'en reste pas moins ton trait de caractère le plus immédiat.

Tu ne m'as jamais parlé de Dieu. Beaucoup d'Américains le portent en étendard. Tu ne réclames pas un ministre du culte à ton chevet *as you lay dying*. Tes textes, pourtant, sont une profession de foi panthéiste. Tu cites Teilhard (« Je dessine pour chercher la *Teilhard de Chardinesque* tête de Dieu dans chaque phénomène »). Tu dis que tu poursuis une illumination par le dessin. Tu veux « l'esprit derrière le visible ». Tu ajoutes en souriant : « Comme Don Quichotte. » C'est toi qui m'as fait lire le *Quichotte* en entier, il y a trois ans. Tu m'as dit : « C'est le portrait le plus réaliste qu'on ait fait d'un homme. » J'ai trouvé le portrait réaliste, en effet, à condition qu'on prenne, comme Cervantes, la précaution d'adjoindre Sancho Panza à Don Quichotte. Don Quichotte tout seul n'est que le cerveau ; battant la campagne, totalement dénué d'instinct de conservation, ne voyant que ce qu'il veut voir, persuadé qu'il réfléchit quand il divague. Sancho Panza, comme son nom et son physique l'indiquent, c'est le ventre qui ne regarde pas plus loin que ses bourrelets et signale à son maître qu'il est l'heure de manger, de pisser et de dormir. Nous sommes tous des Sancho Quichotte mais je vois beaucoup de Sancho dans ma courte vue et pas mal de Quichotte dans tes visions.

Ton livre s'ouvre sur les « Lieux sacrés ». C'est le titre du premier chapitre. Tu y proposes un panorama syncrétique de tous les lieux de culte que tu as visités, croqués avec une égale ferveur. Non tant pour ce qui s'y passe que pour leur architecture : ce qu'elle révèle des intentions qui l'ont engendrée et des tentatives qui l'ont précédée. Les temples d'Angkor, la mosquée de Cordoue, les ruines de Paestum, Notre-Dame du Haut, le sanctuaire de l'aigle à Machu Picchu, la grotte d'Altamira, la cathédrale d'Amiens... vous êtes allés dans tous ces endroits, Gloria et toi, et partout tu as dessiné.

Tu m'as tenu une fois, à Paris, un petit discours que tu devais servir à tes élèves. J'en ai retrouvé des indices dans ton livre. Tu disais qu'un cercle de pierres assemblé dans l'herbe au paléolithique pour consigner la course des planètes avait dû inspirer un lieu votif que sa forme ronde destinait naturellement au culte de la fertilité. Tu suggérais que de simples huttes en Grèce où se rencontraient et officiaient les chefs de clans, pour des raisons d'organisation des rituels et d'afflux du public, avaient évolué en mégarons (de vastes salles rectangulaires à foyer central) par logique beaucoup plus fonctionnelle que décorative. Il a suffi de les clôturer d'un péristyle pour en faire le Parthénon ou le temple de Ségeste. Les granges sur pilotis européennes – tu en as dessiné chez tes ancêtres slovènes – qui protégeaient la paille et le grain, quand ce grain est passé au moulin pour devenir hostie, ont poussé vers le ciel dans un mouvement d'élévation. Tu soulignais que l'élévation, en français comme en anglais, est à la fois une action de grâce et une étape du dessin d'architecture. Les pilotis se sont faits colonnes pendant qu'en contrebas, le clergé et les fidèles sont venus s'asseoir dans les stalles où les avaient précédés les ruminants. En se serrant, comme eux, pour se tenir chaud. Ainsi sont nées les cathédrales. De la même manière, les greniers à riz japonais n'ont eu qu'à conserver leurs matériaux d'origine et se hausser un peu du col pour devenir les sanctuaires shintô d'Ise, reconstruits tous les vingt ans depuis quinze siècles.

Les besoins ont engendré des formes et les formes, des espaces. Des archétypes raffinés sont nés d'observations quotidiennes. Tu n'étais pas le premier à me dire ça mais tu me l'as dit très bien, avec beaucoup de faconde et des exemples choisis. Tu as conclu en ajoutant que les jeux de couleurs et de clair-obscur (tu utilisais le mot italien « chiaroscuro » en le mâchant à l'américaine, « kiawoskiouwow ») après lesquels couraient les édifices religieux du monde entier étaient ceux qui traversent une goutte d'eau pendue à la rambarde de notre fenêtre. Pour jouir de ces spectacles offerts à tous, il suffit de consentir à faire un peu plus que voir, il suffit de regarder autour de soi.

Si tu es conscient, en ce moment, j'espère que des images d'instants vécus te visitent, comme elles le font parfois à l'endormissement avec une vivacité qui nous fait sursauter, et que tu peux les arrêter au point d'y prendre pied. Descendre quelques marches d'un escalier sous le soleil au pied des murailles de Carcassonne en 2003 ou sous la lune, au sortir de la Collégiale de San Gimignano en 1984. Entendre un son de ce jour ou de cette nuit-là.

Il y aurait quelque chose de glacial à avoir tant vu, tant ressenti, tant aimé et ne percevoir aucun écho de cette beauté sur ton lit de mort.

*

Il est tard ou tôt, c'est selon. J'ai retrouvé une sorte de second souffle nerveux. Je ne peux pas dire que Rousseau m'ait déridé, ce n'est pas son fort, mais il a neutralisé le cafard. De promenade en promenade, me voilà au seuil de la huitième. Il est temps d'arrêter de crapahuter. J'ai repéré avec deux marque-pages des descriptions de nature que je pourrais essayer de traduire à Mike si l'occasion s'en présente : un séjour dans une île sur un lac du canton de Berne, une balade sur les flancs d'un pic du Jura.

En feuilletant les annexes de mon bouquin avant de le refermer, je tombe sur une lettre à Malesherbes. Malesherbes, outre un boulevard à Paris, a laissé dans l'histoire un souvenir de loyauté et de courage. Après avoir été protecteur des Encyclopédistes, auteur de *Remontrances* qui tentaient d'éveiller Louis XV et Louis XVI aux injustices politiques et sociales de la France prérévolutionnaire (c'est lui qui a écrit : « Le peuple qu'on accable d'impôts finit par n'en plus payer »), Malesherbes fait une fin tragique, à plus de soixante-dix ans, pour avoir été l'avocat de Louis XVI lors de son procès. Il était en 1792 à Lausanne, il aurait pu y rester à l'abri. Je cite deux phrases de la lettre aux députés de la Convention par laquelle il se porte candidat à la défense du prévenu : « J'ignore si la Convention Nationale donnera à Louis XVI un conseil pour le défendre et si elle lui en laissera le choix. Dans ce cas-là je désire que Louis XVI sache que, s'il me choisit pour cette fonction, je suis prêt à m'y dévouer. » Louis XVI le prévient : « Votre sacrifice est d'autant plus généreux que vous exposez votre vie et que vous ne sauverez pas la mienne. » Un an après l'exécution du roi, Malesherbes est guillotiné avec toute sa famille et son entourage, sœur, fille, gendres, petite-fille, secrétaires… les grands hommes sont souvent fatals à leurs proches. Il avait été un botaniste reconnu, c'est un des motifs de ses conversations avec le jeune Chateaubriand et de sa correspondance avec le vieux Rousseau. Ses lettres ne sont pas dans cette édition, dommage, mais j'ai quatre réponses de Rousseau écrites entre 1762 et 1766 qui en laissent deviner un peu la teneur. La troisième, datée « À Montmorency, le 26 janvier 1762 », est un délice. Rousseau n'aimait pas être d'accord avec ses interlocuteurs, même ceux qu'il respectait. Après avoir énuméré à Malesherbes la litanie de ses peines, il aurait pu s'estimer satisfait de la réponse compatissante de Malesherbes : « Vous êtes bien le plus malheureux des hommes. » Or, Rousseau revendiquait ce brevet mais n'aimait pas qu'on le lui décerne. Que rédige-t-il en retour ? Une lettre sur le bonheur. Par esprit de contradiction, sans doute, mais aussi pour affirmer que le plus malheureux des hommes n'en a pas moins été le plus heureux. La description d'une journée de balade dans la nature, seul avec son chien, en une époque où les tourments lui étaient épargnés par une bonne santé, une certaine innocence, une relative indépendance, la sécurité d'un foyer à retrouver le soir, un temps clément et un paysage splendide, ne peut qu'évoquer des souvenirs à quiconque a profité des mêmes conditions nécessaires à la gaieté. Je me retrouve dans l'évocation de ces jours *rapides mais délicieux* où son humeur pétille quand, doublé un certain coin de sentier, il sait qu'il échappe à toutes ses obligations et sera son seul maître jusqu'au soir. J'en ai eu ma part. Mike aussi. J'essaie de traduire quelques phrases des passages les plus fluides, ça va à peu près. C'est plutôt ça que je lirai à Mike, le cas échéant. Je place une troisième marque au début de la lettre.

J'ose à peine me l'avouer avec tout ce que j'ai bouffé chez John mais cette nervosité m'a redonné un creux. Comme si c'était moi qui avais escaladé la montagne de la Robaila ou souqué vers l'île Saint-Pierre. J'ai envie de goûter le minestrone d'hiver de Terry. Une lichette, pour voir ce qu'il met dedans. Je descends à la cuisine et me fais chauffer un demi-bol. J'y dénombre des carottes, des poireaux, des haricots, des pâtes, peut-être du chou ou de la salade, que sais-je encore ? Un peu de patates. L'apitoiement de Rousseau sur son sort m'a attendri sur le mien. Ma fille de neuf ans entre dans la pièce. Je l'accueille avec des caresses et des mots doux. Tu veux de la soupe ? Non. Elle est bonne, pourtant.

Je parle sans arrêt aux absents.

IV. DEUX JANVIER

Le lendemain matin, je photographie la maison de la cave au grenier, dedans, dehors, par une lumière éblouissante de neige ensoleillée. Je recommencerai ce soir, avec l'éclairage artificiel.

Je n'aime pas prendre des photos. J'ai toujours l'impression de faire des enfants dans le dos du dessin. Vu le peu de temps dont je dispose, l'appareil est tout de même pratique. Qu'un objet soit pratique ne suffit pas à le rendre agréable. Celui-ci a comme seule gentillesse d'appartenir à Mike et Gloria. Pour le reste, il est froid. Je m'excuse auprès de la maison : après l'avoir prise à la hussarde, je la dessinerai plus tard en lui accordant le temps et la déférence qu'elle mérite.

Ce sera tout à l'heure l'épreuve du dessin avec Mike. Je nous imagine comme hier, attablés dans son atelier. Ce que je vois toujours aussi mal, c'est ce que je vais bien pouvoir dessiner. Peut-être que parler à Mike m'aidera. J'avoue que je ne devine pas plus les mots à dire que je ne prévois les traits à faire. Rien à dire, rien à faire, c'est le constat auquel la mort veut sans cesse me ramener. J'en suis réduit à penser : ce dessin, c'est mon crayon qui le pondra. Je délègue au crayon le rôle d'éclaireur et les responsabilités qui vont avec. Le crayon est un objet inerte mais j'ai souvent remarqué que quand je me sens moi-même inerte, l'alliance de nos deux inerties produit tout de même une amorce de direction. Nous sortons ensemble d'un immobilisme dont aucun ne serait sorti seul, lui parce qu'il est un objet trop rudimentaire, moi parce que je suis un sujet trop compliqué. J'ai appris à avoir confiance en mon outil. Le crayon en main m'a donné un culot, une persévérance, une adresse et pour finir un gagne-pain que je n'aurais pas eus les mains vides. Quand on doit sa pitance à une mine de graphite et de kaolin gainée de bois, on voue à son outil un respect surnaturel.

Si je remplace cet outil par une machine, l'effet n'est pas le même. J'ai du mal avec les machines. Les appareils photo ont été des outils, jadis. Comme tous les outils, ils sont devenus des machines truffées de fonctions superflues. Prolongé par un outil, je me sens conforme à ma nature. Augmenté par une machine, je me sens à côté de mes pompes. À vrai dire, je ne me sens pas du tout augmenté. Je me sens rabougri. Moins fort. Dirigé par d'autres volontés que la mienne. Utilisé. Dépendant. Plus la machine a de fonctions, plus elle m'en enlève. Je ne maîtrise vraiment que ce qui me résiste ou ce qui est élémentaire et réclame de ma part une forte implication, comme mon crayon. Les machines sont devenues trop confortables, trop lénifiantes. Trop démagogiques. Pendant que je m'en sers, elles profitent de ce qu'elles sont digitales pour me traire jusqu'à la garde avec des voix de call-girls ou de chanteurs de charme. Elles me ramollissent dans le but avoué de me remplacer, en vertu d'un plan élaboré par des misanthropes (déguisés en philanthropes) qui pensent que moins l'homme en fait, mieux il se porte, quand c'est le contraire qui est vrai. Nous ne maîtrisons plus les machines, c'est l'évidence depuis que Charlot est devenu dingue – et nous tous avec lui – en vissant des boulons sur sa chaîne de montage des *Temps modernes*.

L'humanité n'avait besoin que de deux machines ; la machine à laver le linge et la machine à laver la vaisselle. Et les rayons X, si on veut. On aurait pu en rester là. Depuis que nous avons tous un appareil photo en poche, la traversée de notre champ de vision par un objet quelconque donne lieu cinquante fois par jour à la même chorégraphie. Un ange passe dans le ciel. Mon cerveau me disait encore il y a quelques années : « Tiens ! Un ange ! Qu'est-ce qu'il fait là ? Il a une certaine allure. Il vole bien. Quelle drôle de robe, dis donc… » Je le regardais. Aujourd'hui, à peine l'ange pointe-t-il le bout de son aile que ma première hantise est de dégainer mon téléphone. Il n'est pas dans cette poche mais l'autre. Ou encore l'autre. En l'en extrayant, je le fais tomber par terre. Je le ramasse. Je l'essuie fébrilement d'un revers de manche. Je l'allume, tape un code, un second code, sélectionne une fonction, cherche l'angle, cherche l'ange (si c'en est bien un et s'il est toujours là) et photographie au jugé un point gris sur fond blanc au moment où il disparaît. Le résultat est nul et je n'ai rien vu. Ma déception ne m'empêche pas de recommencer dans la minute qui suit. C'est ainsi que je me satisfais de ne rien voir pour peu que j'aie brandi et poinçonné un gadget. C'est ainsi que je perds l'usage de mes yeux. C'est ainsi que dispensé de regarder, de compter, de me diriger, de me souvenir, d'écrire de vraies phrases avec de vrais mots correctement orthographiés, j'en viens à trouver ces activités lassantes et étrangères. Je pourrais en profiter pour faire autre chose, mais non ; je ne regarde plus alentour, je regarde infiniment l'écran regarder. Je ne sais plus faire une addition, je regarde l'écran compter mes pulsations, mes pas et mes globules rouges. Je ne sais plus m'orienter mais je glisse dans des villes inconnues assis sur le pare-choc avant du camion Google. Je confie à l'écran ma mémoire des visages, des noms, des lieux, des chiffres, des textes. Le misanthrope déguisé en philanthrope me souffle à l'oreillette : « C'est bien, tu dégages de l'espace dans ta cervelle pour y loger des choses vraiment utiles. Tu fais de la place, tu te libères. » Je ne trouve pas, non. Certes, je peux rédiger et envoyer une lettre en quelques secondes. Je suis dispensé de l'écrire lisiblement, de la sécher au buvard, de la mettre sous enveloppe, de sceller l'enveloppe, de l'affranchir et de la porter à la boîte. Mais je ne gagne guère au change. Outre que j'ai envoyé trop vite des mots mal pesés, au lieu d'aller prendre l'air dans l'heure qui suit, je me mets par surcroît à rédiger vingt-cinq lettres d'intérêt très variable et à répondre à autant. Je ne peux plus m'arrêter. Je ne remplace une activité par rien d'autre que sa prolifération, sa délégation toujours plus compulsive à la machine. Mes cinq sens me désertent à mesure que la machine les siphonne.

Le plus amusant, c'est que cette vie censée m'épargner tout effort me fatigue énormément. Ça va, en ce moment ? Je suis fatigué. Et toi ? Moi aussi. On est fatigués. On est tellement fatigués que Balzac, qui trouvait le moyen d'écrire encore trois feuillets à Mme Hańska quand il avait fini ses quinze heures de labeur littéraire quotidien, nous semble d'une autre espèce que la nôtre.

*

Au moment de rejoindre Mike et Gloria, j'empoche le volume des *Rêveries*, quelques crayons, feutres, pinceaux et le carnet de croquis en cours. Il porte en couverture un motif floral asiatique foisonnant mais simplifié par un camaïeu de gris. Coïncidence : le même motif, dans un camaïeu de bleus, ornait mon coffret de lithographies acquis par Mike il y a cinq ans, la veille de notre première rencontre. J'ai entamé ce carnet à Paris il y a une quinzaine de jours, dans le métro, avec un dessin profanateur. J'appelle ainsi les croquis volontairement grossiers par lesquels je désacralise un beau support pour ne pas qu'il m'intimide. C'était une femme à chapeau et lunettes en train de lire. Je l'ai dessinée au trait, sans aucun apprêt. Sur la page suivante, j'ai esquissé à la craie un homme qui lézardait au soleil sous un parasol Kronenbourg, dans le parc de l'Acquasola, quartier de San Vincenzo, à Gênes, pendant que ma fille se suspendait aux agrès d'une aire de jeux. Le papier épais, strié comme un papier Ingres, n'aimait pas ces craies. Il s'est ingénié à les repousser en ne leur ouvrant sa trame verticale que si j'appuyais très fort. Appuyer fort n'aide pas à dessiner subtilement. Le croquis est moche, il ne rend pas justice à la scène. D'impuissance, je l'ai abandonné en route. Ça ne m'empêche pas de l'aimer. Certains croquis se bornent à fixer un moment dans la mémoire. S'ils remplissent cette fonction, ils sont assez bons pour moi. Sans celui-ci, l'homme au parasol, les immeubles jaunes bordant le Viale IV Novembre, la rumeur des voitures et des conversations, le frou-frou des pigeons italiens roulant les « r », ces étranges structures que les toboggans et balançoires d'enfants dressent dans les villes, la joie de ma fille courant des uns aux autres et se repayant, à neuf ans, le bonheur d'avoir trois ans (comme son père quadragénaire en train de barbouiller), l'attendrissement qui m'a pris quand elle a embrassé sa mère à l'étouffer et m'a fait penser : « j'ai raison d'avoir une famille », cet hiver méditerranéen qui est une saison sans équivalent ailleurs, ces chênes verts et ces pins parasols, tout cela qui prend du temps à énumérer mais tient dans une poignée de secondes aurait déjà rejoint ma boîte à oubli.

Quand ma fille est descendue de ses agrès, elle s'est emparée de mon carnet avec *l'autorité des douces créatures*, comme disait Hugo. Elle a piqué dans ma trousse un crayon à papier et quelques crayons de couleur. Sans l'ombre d'une précaution ou d'un calcul, elle a aligné treize doubles pages de dessins qui ont achevé de me rendre ce carnet accueillant.

Le dernier croquis a été fait à l'aéroport de Roissy il y a deux jours et demi, au terminal où j'attendais l'avion pour Amsterdam. Il représente un costaud en casquette et t-shirt rouge qui attendait le même avion, assis près de moi. Je l'ai saisi dans sa posture et sa carrure de Penseur de Rodin, sauf qu'au lieu d'être ramassé vers l'avant, il s'avachissait vers l'arrière. Ses bras étaient une fête pour le crayon, énormes, veinés de tuyaux d'arrosage vert clair. Sa tête, posée sur les molletons dont il avait bardé ses épaules, son thorax et son cou, semblait une petite excroissance appuyée sur sa main droite. Il avait à moitié dégagé ses oreilles d'un casque audio et regardait en somnolant un ordinateur portable déployé sur ses cuisses. Je suis content du rendu des cuisses. Au lieu d'aller horizontalement de la rotule à l'aine, elles gonflaient comme deux coussins où l'ordinateur prenait ses aises. Même au repos, les muscles ne débandaient pas. Notamment le couturier, ou *sartorius*, celui qu'on reconnaît tout de suite parce qu'il enserre la jambe en diagonale comme une bandoulière. La posture et l'expression du visage trahissaient la fatigue qu'il y a à constituer, entretenir et transporter un tel bagage de pulpe. Le t-shirt dilaté par les pectoraux, les jeans boursouflés par les mollets faisaient de beaux plis, nettement lisibles.

Le gars n'a pas bougé d'un deltoïde pendant tout le dessin et je lui en suis encore, soixante heures après, plein de gratitude.

*

Scott, le gendre de Mike et Gloria, m'ouvre la porte. La famille est arrivée.

Mike est au lit, couché de tout son long. Sur ses pieds, Andrea, sa fille, a posé Stella, sa petite-fille, le nourrisson. Elle la change pendant que Zoé, la grande sœur de cinq ans, court partout. Cette intimité me trouble jusqu'à la gêne. Je suis accueilli avec naturel mais j'ai le scrupule d'être de trop.

Zoé sait que son grand-père est malade. Il est au lit, il n'a pas bonne mine. Il est fatigué. C'est normal d'être au lit quand on est malade, d'avoir les traits tirés. Pas de quoi cesser de courir. On est dans l'ordre des choses. Dans le désordre des choses, l'enfant meurt avant ses parents, comme le fils de Terry. Ici, la chronologie est respectée. Si elle ne l'était pas, qui sait si on supporterait de laisser Zoé courir dans cette pièce ? Scott, Andrea et Gloria laissent courir Zoé. Elle met un bazar sans frénésie. Un bazar plein de tact. Mike suit du coin de l'œil les allées et venues de sa petite-fille entre la chambre et l'atelier. Dans *Simples contes des collines*, Kipling cite un dénommé Munichandra : « Quel est l'homme heureux ? C'est celui qui voit chez lui, dans sa maison, de petits enfants couronnés de poussière qui sautent et tombent et pleurent. »

Hier, j'ai admiré l'effort que Mike a fait pour parler avec moi. En ce moment, Zoé et lui se touchent les mains, se font des grimaces. Ça n'a plus l'air d'un effort. Mike s'est voué à Zoé, ces dernières années. Ils ont dessiné, peint, découpé, modelé ensemble. Leur proximité vient de là. On sait le rôle des grands-parents, quand on les laisse l'exercer et qu'ils ne sont pas complètement rassis, dans l'épanouissement des enfants. Et puis, pardon, il y a leur vieille peau. Elle nous laisse des sensations inoubliables. Nos parents ont grosso modo le même épiderme que le nôtre, taillé suivant un plus grand patron. Nos parents, c'est leur pilosité qui nous passionne. Les grands-parents, on aime leur consistance. La flaccidité des dessous de bras. Les fanons du cou, si amusants à tortiller. La cannelure des rides. Qu'ils soient gras ou secs, les accidents de leur écorce s'offrent à l'observation, à l'interprétation. J'ignore si Zoé s'est inquiétée des métamorphoses de la peau de Mike, devenue fragile jusqu'à la transparence. En tout cas, elle n'a aucune retenue à la toucher. Elle va droit à son grand-père en négligeant complètement son délabrement.

Dans les gestes qu'ils échangent, il y a quelque chose d'un courrier écrit en se dépêchant pour qu'il parte à la dernière levée. Mike veut dire ce qu'il a à dire, peu importent les abréviations et la forme un peu tremblée. Pas le temps de se relire. Il donne la main à quelqu'un qui ira loin dans un futur inconcevable. Elle donne la main à quelqu'un qui va s'enfoncer éternellement dans le passé. Il ne sait pas, elle ne sait pas à quel point elle l'emmènera avec elle. Pour moi, il est très évident qu'elle l'emmènera avec elle. J'avais huit ans quand j'ai perdu mon premier grand-père mais j'ai conservé des souvenirs de lui bien antérieurs à mes huit ans. La plupart remontent à mes quatre premières années. Le souvenir tactile, justement, d'une main sèche enveloppant la mienne un jour où il m'emmène au cirque. Le souvenir des récits qu'il me faisait, que j'ai en petite partie conservés en mémoire et, plus de trente ans après, transmis à ma fille (insérés dans mes bandes dessinées, aussi, pour augmenter les chances de les sauver). La façon qu'il avait, après les avoir retirées, de passer ses chaussettes entre ses orteils pour en ôter les résidus de laine. Cinquante autres choses. Une voiture l'a tué en l'éjectant par le pare-brise, en 1972, du côté de Guéret. Il ne faut pas chercher plus loin la raison de mon antipathie pour les bagnoles. Ma mémoire ne l'a pas éjecté. Ma mémoire, c'est la ceinture de sécurité qu'il n'avait pas ce jour-là. Elle l'attache à ce monde. Elle le maintient en vie dans quelques gestes qu'il répète avec la bonhomie d'un adulte qui veut bien chanter cent fois la même comptine et repayer inlassablement un dernier tour de manège.

Quand Zoé voudra se remémorer sa préhistoire, il lui restera de son ancêtre, qu'elle surnomme « Ata », ce qui nous reste du paléolithique : des hordes de dessins.

En fait de dessin, je fais un petit détour par l'iconographie chrétienne. Il arrive souvent qu'on y associe la nativité à la crucifixion, côte à côte. On voit ça sur beaucoup de retables. Le raccourci est cruel, qui montre un même homme naissant et mourant presque simultanément, mais il dit bien la fatalité et la rapidité de l'existence. Chagall a peint une gouache où le Christ meurt à gauche et naît à droite du même format. Peu importe le sens de lecture, d'ailleurs : un ressuscité naît avant de mourir ou meurt avant de naître, comme on veut.

Quand je suis entré dans la chambre, tout à l'heure, j'ai cru voir une nativité au pied d'une crucifixion. Je n'avais jamais assisté à la toilette d'un nouveau-né sur le lit d'un agonisant. C'est une très bonne idée, quand elle est praticable. Pour qu'elle le soit, il faut mourir à domicile. Les nourrissons ne sont pas les bienvenus en soins palliatifs, pas plus que les mourants en salle de travail. Le triste résultat, c'est que les vieillards qui demandent de moins en moins l'assistance d'un prêtre n'ont pas en dédommagement celle d'un bébé. J'ai vu des amis mourir dans des chambres d'hôpital où le seau et la serpillière, les draps de substitution, le brancard qui allait les mener en chambre froide et celui de leur successeur attendaient à la porte qu'ils rendent leur dernier souffle. Ça manquait cruellement de bébés.

Stella est amusante. Il y a quelque chose de piquant dans sa rondeur. Elle se mange les doigts en roulant entre les pieds de Mike. Stella ne connaîtra pas Mike mais on pourra lui dire : il t'a connue. Il t'a portée dans ses bras. Je ne crois pas aux bonnes et mauvaises fées penchées sur les berceaux mais je crois aux gens qui s'en vont quand on arrive et qu'on croise in extremis. On ne se souviendra pas d'eux mais, sous réserve qu'on nous en parle, ils auront quand même une place dans nos vies. J'ai une arrière-grand-mère maternelle née au début de la IIIe République (sous Gambetta) qui a vécu assez longtemps pour chasser les guêpes au-dessus de mon couffin, presque un siècle plus tard. On a respiré quelques goulées du même air. Elle s'appelait Henriette, on l'appelait Pauline. Deux prénoms, un geste protecteur de sa canne, quelques descriptions, quelques photos, l'avis général que ma tante lui ressemble suffisent à l'inscrire dans ma lignée. Je suis content qu'elle y soit avec nom, prénoms, dates et qualités. Notre généalogie est tellement obscure, sinon. À peine trois pas dans le passé qu'on n'y connaît plus personne.

Les seules ici qui ne savent pas que Mike va mourir sont Zoé et Stella. Elles ne redoutent rien. Quand on est plein d'anxiété, quel voisinage salubre que celui de fillettes qui ne redoutent rien ! Elles peuvent s'abandonner entièrement au plaisir d'une couche propre ou d'une roulade sur la moquette. Elles émettent avec leur bouche les sons qui s'y bousculent ou font les gestes et les mimiques les plus inattendus sans les réprimer. Elles sont elles-mêmes. Pas comme moi qui suis entré dans la pièce en marchant sur des œufs.

Je connais la force des enfants mais elle m'étonne toujours. Ils nous retournent. Mike était hier un homme qui va mourir, il est aujourd'hui un homme qui vit encore. Ça ne change pas les faits, ça change leur perception. Ceux qui visitent un mourant se guindent comme s'il était déjà mort. Ils prennent par mimétisme et anticipation des poses de gisants debout, faces navrées et mains jointes sur le bas-ventre. Ce que je suis en train de faire. Les enfants ne jouent pas ce genre de comédie. À quoi bon ? Mike n'est pas mort. Il ne mourra pas en présence des petites, c'est interdit. Mike est mis en demeure d'être grand-père, il n'a plus le droit de mourir. Gloria doit être grand-mère, interdiction d'envisager le veuvage. Andrea accomplit ses gestes de mère, pas le temps d'être orpheline. On cache tous la mort dans notre dos comme une marionnette qui ne joue pas la scène en cours. Et moi, est-ce que je reste planté là comme un piquet ? Non, je me détends. Je ne vais pas perdre mon ami dans l'heure. L'heure qui vient est tout ce qui compte. Les enfants sont les êtres au monde qui nous inquiètent le plus par leur vulnérabilité, ils sont aussi ceux qui nous rassurent – et nous épuisent – le plus par leur force. J'ai remarqué en tenant la main de ma fille quand elle était minuscule qu'elle me donnait autant de courage que je lui en donnais et que, convaincu de la guider, j'allais le plus souvent où elle voulait aller. Tout ça au présent, le seul temps qu'elle connaissait et le seul qui existe.

Mike achève la liste des remerciements de son livre en exprimant sa gratitude aux grappes d'enfants qui l'ont entouré, questionné et poussé dans ses retranchements pendant qu'il dessinait aux quatre coins du monde. Sa dernière phrase est : « Puissent-ils nous garder honnêtes. »

*

Andrea ressemble à Mike. Les yeux, le nez, la bouche, la haute taille. Elle affronte la mort de son père en fille unique. Mon père l'a fait en fils unique. Je le ferai en fils unique. Ma fille le fera en fille unique. Il n'y a pas foule dans l'antichambre mortuaire des parents d'enfants uniques.

Une famille nombreuse qui perd le premier de ses membres reste un polygone. Une famille triangulaire qui perd un de ses sommets devient une droite et se rapproche dangereusement du point. Les familles ont beau engendrer d'autres familles, chacun d'entre nous demeure à vie un des sommets du polygone d'origine. L'acteur Jean Carmet disait : « Plus on vieillit, plus on a besoin de ses parents. » Pas besoin de réfléchir à ce paradoxe, je sens qu'il est vrai. J'ai fréquenté beaucoup de personnes très âgées : celles qui ont leur tête parlent de leurs parents, celles qui ne l'ont plus parlent à leurs parents. Pour le meilleur ou le pire, les parents sont toujours là. On demande jusqu'au bout une explication, une justification ou une approbation à ceux qui ont décidé de notre vie, surtout quand elle s'achève, au moment du verdict. Comme quand on les convoquait, enfant, pour un spectacle improvisé dans le salon à dix centimes la chaise. Un spectacle amusant dans les premières minutes, qu'ils photographiaient, décousu vers la fin qu'ils feignaient d'applaudir en retournant vaquer à leurs occupations. Alors, papa, maman ? Ai-je été à la hauteur de votre amour, si vous m'aimiez ? Ai-je bien survécu à votre indifférence, si vous ne m'aimiez pas ? À votre brutalité, si vous m'avez maltraité ? Vais-je avoir, en quelque lieu, le bonheur fou ou la terreur sans nom de vous retrouver ?

Mike, Gloria et Andrea forment un triangle régulier. Je connais ce modèle d'équerre, j'ai le même. C'est s'entendre avec des parents qui s'entendent entre eux. Ce n'est pas universel, ce n'est pas exceptionnel. Pas non plus si courant. Les familles soudées, si elles ne sont pas soudées par la psychose, exercent une attraction sur les individus qui passent à leur portée, surtout les solitaires et les blessés. C'est qu'elles donnent l'impression d'avoir le mode d'emploi de la paix. Elles savent faire la paix, entretenir la paix, comme on dit faire un feu, entretenir un feu. Ce sont des foyers. Par leur porte ouverte, chaque fois que possible, filtrent de la musique, des rires, de la chaleur et une odeur de cuisine. Je suis venu à Minneapolis en vertu de cette force d'attraction. Aujourd'hui que les rires sont en berne, la porte reste ouverte et le foyer subsiste. La paix continue de faire loi. Je suis accueilli. Je suis un étranger accueilli au centre de l'intimité la plus radicale. On ne dira jamais assez combien c'est valorisant d'être un étranger accueilli. La gratitude, le sentiment de responsabilité que ça inspire. Tout ce que ça nettoie et réhabilite intérieurement. Maintenant que les petites ont balayé mes préventions, je commence à goûter ce qui m'arrive. Je ne peux jamais être absolument malheureux dans un endroit où il y a la paix. C'est un privilège d'éprouver la tristesse sans qu'elle nous soit confisquée par la violence. Les gens qui savent ne pas gâter la joie et ne pas enchérir sur le chagrin sont les seuls fréquentables.

Je m'identifiais à Mike, hier. J'étais un père, un mari et un dessinateur menacé dans sa vie. Je sympathisais avec Gloria et j'imaginais ma femme veuve ou je me voyais veuf. En présence d'Andrea, je deviens un fils en instance de deuil. Je regarde Andrea perdre son père et je me regarde perdre le mien.

La peur des tuiles qui nous attendent, entretenue par le spectacle permanent du malheur des autres, ne nous est d'aucun secours le jour où les tuiles tombent. La peur ne prépare pas aux mauvais coups.

Elle empoisonne l'existence, c'est tout ce qu'elle fait. La douleur est toujours différente de celle qu'on attendait. Toujours surprenante. On peine à trouver les mots pour en parler. Quand on les trouve et veut les dire, qui les écoute ? Qui les comprend ? Souffrir n'est pas communicable. Regarder souffrir, pas instructif. La souffrance des autres, quand on n'a pas pour eux des sentiments passionnés, nous est à peu près étrangère. On voit bien que la personne se tord, on entend bien qu'elle geint, mais on ne sent rien. On sent juste qu'on n'est pas cette personne et on s'en félicite. Il ne faut pourtant pas que ça se voie, ce serait déplacé. On apprend à se donner l'air grave. À tapoter une épaule, à dire : courage, ça va passer. À s'éloigner sous prétexte d'aller chercher du paracétamol et à ne pas revenir.

Qu'est-ce au juste que la compassion ? En ai-je une ? Existe-t-elle ? Souffrons-nous de la souffrance des autres ? Si nous avions vraiment de la compassion, pourrions-nous vivre ? Nous serions toujours en pleurs. Un fleuve de larmes. Et nous agirions une bonne fois contre la misère, sans doute, pour nous distraire de pleurer. Ou nous nous crèverions les yeux pour ne plus voir nos crimes et nos manquements. Au lieu de ça, notre compassion est le plus souvent poussive et farcie d'arrière-pensées. Si on a complètement renoncé à elle, on n'y pense plus. On est impuissant, voilà tout. On ne peut rien pour personne. Vous ne voyez pas que j'ai suffisamment à faire avec mes problèmes ?

Si on conserve une nostalgie de cette compassion qu'il nous arrivait d'avoir enfant pour un chien boiteux, on fait devant la misère une grimace désolée qui nous tient lieu d'acte de charité et on passe notre chemin.

L'absence de compassion ou la précarité de ce sentiment explique aussi la remarquable froideur que nous avons à nous assassiner ou à regarder passer les trains des génocides. La plupart des prisonniers racontent le rapide abrutissement de l'altruisme en milieu concentrationnaire. La plupart des écoliers le constatent en cour de récréation. La plupart des salariés en entreprise. Or, ne pas faire acte de compassion quand l'occasion s'en présente est ce qui nous sape le plus humainement, si on n'est pas déjà criminel. Je ne sais plus qui a dit que l'absence de compassion est le crime de ceux qui ne commettent pas de crime. C'est vrai. L'absence de compassion est une dérive qui éloigne notre petit kayak des autres kayaks et nous entraîne tous hors d'atteinte d'une terre habitable. On supporte d'être abject à soi-même et aux autres à force de non-assistance mais c'est dommage, on pourrait vivre mieux. On essaie, d'ailleurs, par moments. J'essaie d'avoir de la compassion. Je suis secourable en certaines occasions. D'autres le sont toute leur vie. Il y a des saints, canonisés ou pas, qui ont une propension surhumaine à la compassion. Ils y mettent toutes leurs forces. Et il en faut, des forces. On se tue à la compassion en actes. On vit, aussi, fortement. La compassion en actes donne la sensation de vivre comme peu d'autres élans. Même Valmont, le bourreau libertin des *Liaisons dangereuses*, ressent de l'émoi lorsqu'une aumône, calculée pour en tirer bénéfice auprès de la femme qu'il convoite, lui vaut la reconnaissance d'une famille de miséreux prosternée à ses pieds. Cette jouissance, dont il parle comme d'une érection, rivaliserait presque avec celle que lui prodiguent l'usage et l'asservissement des femmes. « J'avouerai ma faiblesse ; mes yeux se sont mouillés de larmes, et j'ai senti en moi un mouvement involontaire, mais délicieux. J'ai été étonné du plaisir qu'on éprouve en faisant le bien ; et je serais tenté de croire que ce que nous appelons les gens vertueux, n'ont pas tant de mérite qu'on se plaît à nous le dire. »

La compassion en actes donne aussi l'occasion de pratiquer des vertus qu'on ignorait avoir. L'une des premières est certainement la volonté. Une compassion durable et efficace implique une volonté d'acier. On veut aider jusqu'à forcer la main de ceux qu'on aide. On peut dire la même chose de l'amour. Aimer, aider, il y entre plus que de la volonté, du volontarisme. De la discipline. J'ai l'impression, depuis quelques lignes, d'écrire un prospectus pour l'armée de terre. C'est que la compassion agissante a quelque chose de martial. C'est une bonne cause. Il faut à tout prix faire exister la compassion. On doute de notre compassion, on ne sait pas si elle a une quelconque épaisseur. Ce qu'on sait, c'est qu'un monde sans compassion serait purement infernal. Ce serait le monde de la dernière génération, personne n'y survivrait. Alors, le plus souvent, on joue la compassion. On la décide, on la secoue, on la déclenche, on la met en œuvre. Quitte à la pratiquer trop ostensiblement. Quitte à la mimer. On l'oppose à notre égoïsme tellement réel, lui, tellement indubitable. À la méfiance qui suinte si naturellement de nous.

Mais quand on voit souffrir quelqu'un qu'on adore ? Là, on souffre vraiment *avec*. La compassion existe donc bel et bien. On en a même un torrent en réserve, de l'avoir si peu dépensée. Hélas, pour une fois qu'elle jaillit, elle se heurte à notre impuissance. Ce père tant aimé qui va disparaître, il ne nous semblait pas qu'on était à tel point distinct de lui. On était si proches, au contraire, si liés. Voilà qu'il est devenu une forteresse. C'est la maladie qui l'emmure ainsi. Son visage a des ouvertures par lesquelles on perçoit des échos de ce qui se passe en lui mais il n'a pas de porte. On aurait pourtant juré qu'il avait une porte. C'est qu'on n'en a jamais fait usage. Elle était inutile quand tout allait bien. L'amour nous tenait lieu de maison commune, on passait d'une pièce à l'autre sans y penser. La maladie a démoli la maison commune ou dissipé l'illusion d'une maison commune. Notre père est embastillé. À l'intérieur de sa Bastille, il y a le feu. On voit les flammes par intermittence dans son regard, on les entend par à-coups dans sa voix. Il brûle en dedans. On ne peut pas entrer dans notre père éteindre le feu et notre père ne peut pas sortir. C'est affolant. On hurle. On appelle au secours. Le médecin arrive avec ses chalumeaux et ses chignoles. Il tente sa chance. Il perce, il fouille, il brûle quelqu'un qui brûle déjà. Il blesse pour soigner. Il trouve, parfois. Il accède au tableau électrique, il disjoncte le mal. C'était ça, qui n'allait pas : ce petit fusible. Faites voir. Si petit ? Mais oui. Petit fusible, grande détresse. Merci docteur. À la prochaine fois. Un peu d'eau coule sous les ponts. La prochaine fois arrive. Le docteur revient. Rebelote. Cette fois, il n'accède pas au tableau électrique, le feu a déjà tout mangé. Trop tard. On referme et on condamne. C'est condamné. Votre père est condamné. Que faire ? Rien. Vous pouvez encore vous parler de l'extérieur, par les fenêtres. Elles vont se fermer un peu plus chaque jour, il vous verra de moins en moins, il vous parlera de moins en moins, il vous entendra de moins en moins. De toute manière, ses mots seront vaseux et les vôtres insuffisants. Si certains se perdent, ce n'est pas grave. Ça va durer combien de temps ? Vous verrez bien. À un moment, les volets tomberont. Le silence avec. La forteresse se dissipera. Le corps de votre père, un peu rétréci, en sortira sur un chariot à roulettes. Vous pourrez le brûler ou le laisser tomber en quenouille dans une boîte.

Se parler de l'extérieur, par les fenêtres. Fait-on jamais autre chose, même dans l'amour le plus charnel ?

Ce n'est pas la peur qui prépare aux épreuves, c'est la joie. Et ce qui rend apte à la joie, c'est d'être aimé dans l'enfance. Il vaut mieux perdre un père qu'on aime qu'un père qu'on hait. Un père qu'on hait, sa mort ne soulage pas la haine et interdit toute réparation. Un père qu'on aime, il n'y a aucune raison que les sentiments qu'il nous porte et qu'on lui porte soient altérés par sa mort. La mort n'arrête pas les sentiments. Elle empêche qu'on se les témoigne, ce qui est déjà suffisamment vache. La haine continue, l'amour continue. On ne peut plus les dire à leur destinataire, on les ressasse tout de même, intérieurement, jusqu'à la fin de nos jours. Et on les tourne vers d'autres.

Notre réaction à la misère des gens dépend beaucoup de l'attitude qu'ils lui opposent. Quand on croise un vieillard arthritique grimaçant à chaque pas, on agite de tristes pensées sur l'âge qui nous attend. Si le vieillard suivant, dix mètres plus loin, encore plus esquinté, est en train de siffloter *Viens Poupoule*, on se rassérène un peu.

Andrea a du flegme. Moi qui vis la larme à l'œil et le menton tremblant, j'admire le flegme. Pour qu'elle soit aujourd'hui au chevet de Mike sans que le chagrin, le remords ou l'anxiété l'assomment, il faut deux choses : qu'elle élève bien ses filles et qu'elle ait été bien élevée par ses parents. Autrement dit, qu'elle ait reçu et qu'elle donne assez d'amour pour rester en équilibre dans les turbulences. Elle est étayée à ses deux extrémités, même si l'amont vacille et l'aval est encore en construction.

Quand la discorde est là, ça s'entend tout de suite. Vieilles rancœurs, histoires de fric. Les dents grincent. Les portes claquent. C'est pénible de mourir dans l'amour, c'est atroce de mourir dans les portes qui claquent.

*

Mike se lève pour accueillir son frère et sa belle-sœur. Patrick et Kay arrivent de Willard, le patelin du Wisconsin où les grands-parents slovènes ont fait souche. Mike en est parti, Patrick y est resté. Il n'y a pas plus contrastés d'apparence que le frère des villes et le frère des champs. Patrick est trapu, barbu, coloré. Il a l'air d'une souche, précisément, où prospère la végétation, quand Mike ressemble à une longue branche dénudée. Ils s'étreignent et, quelques secondes, reconstituent un arbre.

On passe tous à l'atelier, sauf Gloria et Zoé descendues d'un étage. Mike fait le tour de sa table. Il refuse, comme hier, d'être aidé. Il s'assoit sur son siège, bouge quelques papiers et formule des demandes que je ne comprends pas. Patrick déplace des consoles sur roulettes, Scott s'accroupit pour jeter un œil aux branchements électriques. Mike se relève et repart comme il est venu. Il a pris en main un carnet à couverture de cuir et un crayon. Il va se poster entre l'atelier et la chambre, appuyé au mur. Son visage atone et les directives qu'il donne d'une voix sourde ne me disent pas où il veut en venir. Ce que je vois, c'est qu'il menace de tomber. Andrea est à distance de garde du corps, le bras droit prêt à soutenir son père. Au creux du gauche, elle porte Stella qui suit la scène en tétant son pouce.

Je comprends. Mike est en train de faire préparer l'atelier pour nous deux. J'ai une bouffée de trac. Andrea, Scott, Patrick, Kay, chacun a l'air au courant de l'exercice mais personne ne semble savoir comment Mike l'envisage. Je demande à Patrick :

« Mike veut dessiner ?

— Oui. C'est très bien. C'est très bien que tu sois venu faire ça avec lui.

— Pourquoi il ne reste pas assis ?

— Je ne sais pas. Il y a trois minutes, il voulait que ça se passe dans l'atelier. Maintenant, il change d'avis, on dirait. »

Je me souviens que, très affaibli, Alan m'emmenait en coccinelle Volkswagen orange dans son jardin, à un kilomètre de sa maison de ville. Il s'asseyait sur une chaise, sous les frondaisons, les jambes entourées d'un plaid. Je prenais un sécateur, une petite scie, un escabeau. Il me donnait ses directives. Chez cet ancien caporal de l'armée de Patton, même si peu militaire dans l'âme, elles sonnaient comme des ordres. Taille ci ! Coupe ça ! Non, pas ça, ça ! Fais attention ! Tu ne sais donc pas reconnaître un amandier d'un poirier ? Je tentais de compenser ma maladresse et mon ignorance par de la bonne volonté. Je me faisais engueuler, surtout s'il m'arrivait de m'entailler un doigt. Il prenait toujours garde de me gratifier d'un merci un peu rogue pour rattraper sa saute d'humeur. En retardant l'envahissement de ses parterres et de ses arbres par les plantes sauvages (Alan n'aimait pas qu'on dise « mauvaises herbes »), j'essayais à ma façon de participer au recul de ses métastases. Nettoyer le jardin, c'était contenter Alan. Contenter Alan, c'était le soigner. Cette pensée magique, il me semble la retrouver dans l'empressement que mettent Scott et Patrick à s'activer dans l'atelier en affichant leur zèle. Pendant qu'on aide de cette manière, on entend sans cesse une voix intérieure nous répéter : « C'est en pure perte. » Ce constat, le malade est le premier à le faire. On s'évertue à satisfaire toutes ses consignes, y compris les plus ineptes, et il persiste à nous en donner pour ne pas céder ensemble au découragement.

Mike retourne dans sa chambre. Il s'assoit sur son lit. La famille forme une sorte de haie pour m'inviter à le rejoindre. J'entre, ils restent à la porte. Mike me questionne :

« Tu as ton carnet ?

— Dans mon sac.

— Sors-le, si tu veux bien. Prends des crayons dans l'atelier. »

Je saisis mon fourbi et m'assois à côté de lui. Il me tend le carnet en cuir. Il propose :

« Tu pourrais dessiner dans mon carnet et moi dans le tien. »

L'idée me perturbe. Pas le temps de penser à tout ce qu'elle implique, on fait déjà l'échange. Avant d'ouvrir mon carnet, Mike caresse un moment la couverture japonaise. Il feuillette les pages et s'arrête sur les dessins de ma fille. Il observe aussi un portrait de ma belle-mère que j'ai fait le lendemain de Noël. Un portrait sans charge mais sans ménagement. J'aimerais que Mike passe vite dessus. Je suis souvent surpris par la dureté de portraits que j'ai faits avec douceur, comme je le suis quand des mots gentils dans mon esprit sonnent méchants dans ma bouche.

Mike arrive enfin au passager culturiste de l'aéroport Charles-de-Gaulle. Subitement, le dessin me paraît ignoble. Je voudrais pouvoir arracher cette page. Je suis confus de présenter ce type hypertrophié à Mike. C'est une gaffe. Le portrait n'est pas une caricature, les proportions y sont, mais il est trivial. Je voudrais que Mike ne voie rien de trivial. Je voudrais n'avoir jamais rien dessiné de trivial. Quand je regarde mes carnets à côté de quelqu'un, mon jugement ne m'appartient plus. Il devient un assemblage de mes pensées et de celles que je prête à mon voisin. Toutes mes opinions sont plus ou moins fabriquées à partir de l'idée que je me fais des opinions de mes interlocuteurs, en accord ou en désaccord avec elles. C'est pour ça qu'elles sont si peu personnelles, si versatiles et qu'il est tellement difficile d'en dégager des convictions. Tout à l'heure, j'aimais ce dessin. Maintenant, je le méprise.

Mike entre dans la réserve de feuilles blanches. Je le vois glisser en avant et comme tomber du lit sur un tabouret très bas, une sorte de repose-pieds. Assis sur le lit, son corps faisait un 4. Assis contre le lit, son corps fait un M.

Le carnet ouvert sur ses genoux, il pointe son crayon sur la page de droite, la belle page. Il reste là un moment, face à son reflet dans la porte de l'armoire. Il fixe un point au-dessus de lui. Une longue inspiration suivie d'un soupir et il trace un trait. Son effort est visible. Il ne manie pas un crayon mais une perche qui va touiller profond sous la feuille.

Le dessin d'observation est une épreuve de force.

Ce qui passe devant nos yeux, si on veut vraiment le voir, il faut s'en emparer. Tendre le regard comme on tend la main. L'alentour ne se refuse pas mais ne se donne pas non plus ; on doit le saisir. C'est exigeant physiquement de bien attraper ce qu'on voit. C'est une dépense musculaire. On se consume pendant un croquis. Si on arrache le décor sans précaution et qu'on le jette en vrac sur le papier, on peut remplir vingt pages d'une traite mais le résultat a rarement le moindre intérêt. Quand on veut vraiment glaner le réel, il faut aller cueillir chaque élément à la place où il se trouve et le rapporter sur la feuille à l'endroit où il doit être. Pendant le trajet, il ne doit perdre aucune de ses qualités propres ni rien de son rapport avec ce qui l'entoure. Les motifs lourds et compliqués sont difficiles à transvaser. Les motifs légers et subtils aussi. Ce boulot de déménageur est tout en puissance et en délicatesse. On casse, sinon.

Mike s'inflige cette épreuve de force alors qu'il est à bout. Pourquoi ? Ne pouvait-il décider que son dernier dessin était le précédent, celui qu'il a fait en ignorant que c'était le dernier ? Il n'a pas l'air de se poser cette question ni aucune autre. Il avance. Je ne suis pas assez en surplomb, je ne vois pas le résultat. Il couche le crayon et le frotte légèrement. Il insiste de la pointe. Toujours ce visage impassible. Cet aller et retour du regard qui va du motif au carnet, du carnet au motif et lui fait faire trente fois oui de la tête.

N'étant pas dans le même axe par rapport au miroir, je ne vois pas non plus ce qu'il voit en l'air. En l'air, il n'y a que la *lunette window.* Les branches du tilleul et le ciel. Pas évident à traduire en noir et blanc mais Mike sait tout faire avec un crayon gras. Le 6B, c'est son couteau suisse. Il l'a suivi partout depuis des décennies. Combien de 6B ont raccourci entre ses doigts jusqu'à ne plus y tenir ? Leurs rogatons rempliraient cette pièce, peut-être.

Je devrais me mettre à dessiner, moi aussi. Je reste perché sur le crayon de Mike en oubliant de rentrer en moi-même. C'est ça, les contemplatifs. On envoie le regard comme un pigeon, il se trouve bien à destination et oublie de revenir. On imagine ce que le pigeon voit de là-bas, ce qu'il ressent. On s'installe où on n'est pas. On rêvasse. Dessiner, c'est siffler le pigeon au pied pour qu'il rapporte de vraies informations, tangibles, sur papier. Je rameute mon pigeon. J'ouvre le carnet de Mike. La double page du début fera l'affaire. Je prends un crayon et une pointe feutre. Je décapuchonne la pointe feutre. Mes illusions du matin sur l'outil censé travailler à ma place me plantent en rase campagne. Je ne sais pas quoi dessiner. La famille est à la porte. Je les regarde, ils me regardent. Ils nous photographient. Qu'est-ce que Mike pourrait bien vouloir, dans son carnet ? Sa petite-fille dans les bras de sa fille ? Impossible. Mon regard est uniquement aimanté par lui. Si je m'en écarte, à la seconde j'y reviens. Je ne peux pas rater Mike dessinant. Je ne veux rien perdre de sa démonstration de force. Je dois voir l'épaulé-jeté d'haltérophile qu'il réalise à chaque trait. Il n'y a aucun acte plus vital à la ronde. Même pas Zoé courant partout. La force ne m'impressionne que chez les gens faibles. D'individu à individu dans de petits cénacles. La force qui maîtrise un tremblement, tient bon et puis succombe. Je n'en peux plus de la force qui déborde et qui vainc.

Je sais depuis l'enfance ce que coûte le dessin mais je le sais de l'intérieur. Là, je le vois devant moi. Combien le dessin est une tentative herculéenne de rester conscient, de rester en vie. On n'aime pas ce qui sort de soi, en général. On se trouve mauvais. Monet disait dans sa correspondance : « Je sais trop quelle sinistre blague est ma peinture. » De temps en temps, le dessin foudroie quand même son auteur par sa réussite. Comme nos phrases : cinq cents conventionnelles pour une poétique. Mike, sous son masque inexpressif, doit être atterré. Comment goûter un dernier dessin ? Le dernier de milliers de dessins après lequel les bans seront définitivement fermés. Ce n'est pas possible. Il dessine tout de même. Il est encore en avance sur moi. Je l'admire. On reconnaît l'admiration à la douleur qu'elle nous fait. C'est déchirant pour le cœur d'y loger quelqu'un de plus grand que soi. À quoi lui sert que je le trouve admirable s'il se trouve misérable ? À rien. C'est à moi que ça doit servir, à me remuer. Je lui emboîte le trait, je m'y mets. La pointe feutre commence. Elle s'est ressaisie. Elle trace le contour du crâne, les lunettes.

*

Le dessinateur est d'abord un singe qui observe la surface d'un lac. Il est ensuite un oiseau qui plonge, bec en avant. Au point d'impact, il devient un poisson qui louvoie et laisse un sillage. La page est froide au début. Pour ne pas s'engourdir, le dessinateur s'agite. Il sort la tête pour observer le motif. Il replonge pour tracer. Il sort la tête pour observer le motif. Il replonge pour tracer. Un dessinateur poussif s'accroche à son sillage. Un dessinateur dynamique file vers le motif. Dans mes mauvais jours, je reste un singe pendant tout l'exercice. Je plonge comme un singe, je nage comme un singe. Je n'arrive pas à réguler mon souffle et mes gestes. Je bats le papier avec raideur, je le gondole et le froisse. Sa surface se couvre d'une houle où je m'épuise à avancer. À mes heures de gloire, au contraire, je suis un poisson volant. J'ai des coups de nageoires impeccablement huilés. La page ne m'offre pas plus de résistance que l'air. Je glisse dans une eau étale où le motif apparaît avec la perfection d'un reflet.

Je dessinais Alan dans les hôpitaux et cliniques où il a séjourné aux derniers temps de sa vie. Je lui en demandais la permission. Parfois, il me répondait : « Non, je suis sous zéro. » D'autres fois, il me laissait faire. Il avait l'habitude que je lui tire le portrait avant sa maladie et n'avait rien contre. Son portrait fini, il ne demandait pas à le voir et je n'osais pas le lui montrer. Je refermais mon carnet et la porte de sa chambre. Alan restait d'un côté, le carnet partait de l'autre. Il n'a jamais vu ces dessins.

Aujourd'hui, c'est différent ; je dessine dans le carnet de Mike. Il va garder et regarder son portrait. Je lui offre noir sur blanc le constat de sa déchéance physique. Je lègue ce constat à Gloria et Andrea. On se passe de ce genre de cadeau. C'est ce qui devait confusément me gêner, tout à l'heure, quand Mike a proposé l'échange des carnets. Le risque d'y faire un dessin embarrassant. Me voilà lancé dans ce que je pouvais faire de plus embarrassant. Identifier ce qui est embarrassant ne me laisse souvent pas d'autre choix que de sauter dedans à pieds joints.

J'ai toujours dessiné pour préserver. Depuis l'enfance, je me raconte cette fable : quand c'est consigné, c'est sauvé. Ce mirage vient de l'effet de mes premières lectures ; la sensation que les livres illustrés étaient un monde physique accueillant où vivait une population hospitalière. J'ai parcouru ce monde et vécu parmi cette population avec une parfaite aisance. J'y ai ressenti tout l'éventail des sentiments, d'abord les bons. L'idée que le monde des livres illustrés est un refuge n'a pas eu à s'imposer, elle était là depuis le début. La possibilité que m'offraient mon dessin et mon écriture d'agrandir ce monde, d'y abriter mes proches, de les faire agir et s'exprimer m'a mobilisé au point que je n'ai jamais envisagé de faire un autre travail. J'ai voué la moitié de mon temps à transférer mon monde dans le monde du dessin pour le protéger. Et surtout ma smala, famille, amis. Même les gens qui n'existent plus depuis des lustres, je prétends continuer à les sauver. C'est dire où va la lubie. On ne se défait pas d'une superstition héritée de l'enfance, surtout quand on se l'est auto-inculquée. Je vis dans le domaine des effigies et des symboles tant que la réalité ne m'en expulse pas. Chaque fois qu'elle m'en vire par la porte, j'y retourne le plus vite possible par la fenêtre. Je ne peux pas respirer dans un monde où mes fables n'ont pas cours. Je ne tiens que par mes fables. L'une d'elles, c'est que dessiner, c'est s'occuper des gens. J'y crois dur comme fer sans exclure que ce soit un leurre. Dur comme fer-blanc. Qui est en danger immédiat, ici ? Mike. C'est vers Mike que je tourne mon dessin. Je ne sauve personne mais j'atteste au moins qu'un instant est vécu. Que Mike est ici. Ou, pour conjuguer ce temps invraisemblable qu'est le futur antérieur, que Mike aura été ici.

Lui-même fabrique la dernière preuve matérielle de son existence et va me la confier. C'est aussi une mesure de sauvegarde. Il veut préserver le reflet de sa fenêtre dans le miroir, « une issue pour échapper aux monstres s'ils entrent par la première fenêtre ». La *lunette window* ira se poser à Paris, sur les étagères de mon atelier que Mike connaît bien, au milieu de mes dizaines et dizaines de carnets qui lui feront une autre charpente.

Un carnet a parfois une durée de vie plus longue que nous. On peut être envieux à bon droit des objets les plus banals. On va mourir dans la nuit mais le carnet sur la desserte sera toujours là demain matin et continuera à vivre sa vie de carnet. L'éternité, non. L'éternité disparaît avec nous. C'est une idée qui, comme toutes les idées, ne nous survit pas. Une idée doit se refaire entièrement à chaque vie alors qu'un carnet, tant qu'il ne part pas à la benne ou ne tombe pas en lambeaux, se transmet tel quel de main en main et de génération en génération.

Je dessine le col roulé de Mike, qui bâille un peu sous son menton. La ligne de ses épaules. J'entame ses bras. En traçant son bras droit, dont il a dégagé l'avant en roulant sa manche, je me fais l'effet de le soutenir. Mon trait est rude, comme quand j'ai dessiné ma belle-mère la semaine passée. Je ne peux pas l'édulcorer. Il ne remplume pas Mike. Il ne le maquille pas. C'est Mike qu'il veut, rien qui s'en éloigne. Mike fort et décharné. Je dessine l'enveloppe décharnée de Mike, verra-t-on dans mon dessin que Mike est fort ? Que faut-il mettre dans un portrait pour que non seulement un être y soit reconnaissable, mais aussi ce qui émane de lui, sans quoi il risque d'être méconnaissable ? Faut-il suivre le conseil des chanteurs lyriques, viser un peu au-dessus des notes les plus hautes pour être sûr de les atteindre ? Ce qui voudrait dire en dessin : appuyer le trait sur les points de physionomie les plus expressifs ? Question jamais tranchée.

Quel que soit le résultat, je ne serai pas plus implacable que le miroir. Je n'apprendrai rien à Mike qu'il ne sache déjà. J'ai tout de même une sainte trouille. Si je rate, ce sera terrible. Si je réussis, ce sera terrible. Je vais faire les deux. Dans le contexte émotionnel dans lequel je suis, je ne peux que rater. Avec le métier qui est le mien, je ne peux que réussir. Et de toute manière, qu'est-il question de réussir ? Une ressemblance ? Ce n'est pas sorcier, une ressemblance. Quand j'avais sept ans, on reconnaissait déjà les gens sur mes dessins. Ce qu'il est question de réussir ou de rater, c'est ma présence dans cette pièce. Rater, c'est toujours ça : rater le rendez-vous avec soi et, du coup, avec tout le reste.

*

Mike cesse de regarder le miroir mais continue à dessiner. Il a quitté la page de droite pour celle de gauche. On dirait qu'il entame un autre croquis. J'en profite pour arrêter le mien. J'ai du mal à évaluer un dessin quand je le finis. Ce n'est pas parce que j'ai peiné qu'il est mauvais mais d'avoir peiné m'empêche de voir s'il est bon. Il faut que du temps passe. Si je ne revois pas celui-ci, je ne saurai jamais ce qu'il vaut. J'échange le feutre pour le crayon. Cette fois, je vais dessiner le visage de Mike. Seulement le visage, avec des noirs et des gris.

Mon dessin avance sur son trait comme sur une corde. Des visions morbides secouent la corde. Je m'efforce de maintenir les yeux, le nez, les oreilles de Mike en place sur son crâne comme on défend de l'érosion un château de sable. Chaque symptôme de son calvaire (respiration désordonnée, fermeture des paupières quelques secondes) agite le trait. Les incursions de la famille dans la pièce pour prendre des photos, aussi. Le crayon réagit à ces secousses. Le crayon, c'est le balancier. S'il résiste aux turbulences, le dessin ira au bout.

Il y a quelque chose d'inconvenant à vouloir qu'un homme qui mourra bientôt reste immobile au bénéfice d'un dessin, mais c'est l'éternelle requête du dessinateur d'observation au modèle : ne bouge plus. Suspends ton geste. Demeure un instant dans l'attitude idéale que tu viens d'adopter sans le savoir. Garde cette expression. Je suis en train de mettre à jour le répertoire de ta physionomie, je tiens le registre de tes postures, de ton accoutrement, de tes accessoires. C'est mon métier, je dois le faire. Ne me demande pas pourquoi. J'ajoute un feuillet à *L'Encyclopédie du geste* que les dessinateurs se passent de main en main depuis des millénaires.

J'ai beau être sur le gril, ce deuxième portrait vient mieux que le précédent. J'essaie d'en mémoriser les étapes pour le reproduire plus tard.

Comme je ne demande pratiquement jamais à quiconque de poser, chaque fois que je dessine quelqu'un dans la rue, dans les transports, dans les bars, je ne suis pas maître du temps dont je dispose. Je parie dessus. Je fais comme si j'avais du temps, quitte à être interrompu. C'est une bonne école, parier sur le temps. Elle oblige à se faire confiance et à se lancer. Les phases du dessin se parcourent comme un jeu de l'oie. Case un : le temps m'est refusé, le modèle disparaît, je reste le bec dans l'eau. Mon embryon de dessin n'ira pas à son terme. C'est l'école de la frustration. Case deux : j'ai le temps mais aucun confort. Le modèle est rétif. Il bouge, des éléments extérieurs s'interposent entre lui et moi. Je suis crispé mais je me détends à mesure que le dessin progresse. C'est l'école de l'anxiété et de l'adaptation. Case trois : en dépit des obstacles, le dessin prend bonne tournure. C'est l'école de l'espoir. Case quatre : je suis en train de triompher des difficultés mais ma propre excitation menace de ruiner mes efforts. Je me domine. C'est l'école de l'ivresse et de la maîtrise. Case cinq : ma maladresse, ma présomption, ma nervosité ont conduit à l'échec du dessin. Je n'ai pas tiré parti de ce qui m'était offert. C'est l'école de la déception. La case six me renvoie à la case départ. C'est l'école de la ténacité ou du renoncement, selon que je continue ou que j'abandonne.

Mike, comme architecte, a dessiné infiniment plus de formes statiques que de formes dynamiques. Il s'est tout de même un peu confronté au modèle. Il aurait aimé le faire plus. Avant d'apprendre qu'il était malade, il prévoyait d'y consacrer l'essentiel de la septième décennie de sa vie. (Alan, quand il abordait des chapitres intimes de ses confidences, me disait : « Je t'en parlerai en l'an 2000. » Il est mort en août 1999. On garde toujours trop de provisions pour un avenir qu'on n'a pas.) Le fait est que Mike ne s'est pas tourné vers son reflet ni vers aucune des personnes présentes pour sujet de ce dernier dessin. Son reflet, il me l'a laissé.

J'ai omis de citer une énième case du jeu de l'oie à laquelle me convie le dessin d'observation, celle qui autorise à sauter toutes les autres : l'école du calme. J'ai fait l'expérience de la frustration, elle n'a pas tué mon envie de dessiner. L'anxiété a été déjouée et me semble tout à coup absolument vaine. L'espoir est en voie de réalisation et même dépassé par le dessin en train de se faire. Je suis gratifié d'un peu de calme. C'est bon comme un gramme d'aspirine sur un mal de tête. Je coïncide avec mon dessin et je vois mieux, j'entends mieux. Je n'ai plus peur de dessiner. Pas peur que Mike voie le résultat. Pas peur de ne pas finir. Je pourrais m'interrompre maintenant, Mike serait déjà dans le carnet.

J'ai commencé par les lunettes. Elles m'ont donné l'échelle du front, du nez et des oreilles. Dès que j'ai deux ou trois éléments en proportion dans un portrait, le visage, même encore incomplet, s'annonce et promet. La promesse ne sera peut-être pas tenue mais je me prends à y croire. Un dessin mal engagé et qui échoue à se rattraper reste coincé dans ses problèmes de dessin. Un dessin juste convoque d'emblée une présence. L'enjeu se déplace du dessin vers la présence. Je retrouve mon vieux rêve de Lucky Luke sortant de la feuille. Je ne suis plus seulement en train de tracer des traits, je fais advenir quelqu'un. Ce passage de la deuxième dimension à la troisième peut se faire par oscillations. Je crois être installé du côté de la présence, voilà qu'un embarras technique, un trait mal fichu, une rupture d'attention me renvoient du côté du dessin. Je m'escrime à en ressortir. Si je parviens à basculer pour de bon dans la présence, les lois physiques changent. La technique devient entièrement docile. J'ai fait le plus dur. Je m'allège. Cette sensation ressemble à celles qu'offrent – quand on s'y prend bien et qu'on a un peu de chance – les activités absorbantes où on cesse un instant d'être cloué à soi. Une simple promenade peut y suffire. On entre dans une atmosphère accueillante pour se diriger avec naturel vers quelque chose qui nous plaît. On n'est plus dans nos pensées, on est dans le but. On sait pouvoir l'atteindre. La récompense n'est pas de l'atteindre. La récompense est déjà là.

Le dessin à son meilleur c'est ça : obtenir ce qu'on veut avant de le prendre. S'arrêter au bord du moment où on peut saisir, où on va saisir mais où on n'a pas encore saisi. Saisir, c'est trop, c'est perdre.

La plupart du temps, il faut bien dire qu'on ne s'approche pas du tout de ce qu'on veut. On en reste à des années-lumière. Ou au contraire, on se précipite dessus et on l'écrabouille. C'est ainsi qu'on passe complètement à côté de certains visages ou qu'on les massacre, comme on dit. Mais quand on les attrape avec juste ce qu'il faut de poigne ? Qu'on n'est ni timoré, ni complaisant, ni salaud ? Là, c'est magnifique. Avant tout pour le dessinateur. Un visage ravagé est saisi avec la délicatesse qui lui fait défaut. Un joli minois n'est pas pris avec les pincettes habituelles. Un caractère est débusqué. Une grimace est révélée. On reconnaît des échos de Ghirlandaio ou de Quentin de La Tour dans une tête d'aujourd'hui et on dessine pour ces maîtres bien-aimés, en pensant à eux. Magnifique.

J'ai cette sensation aussi quand j'essaie d'imiter des voix. Je cherche un timbre. Si je le trouve, les phrases arrivent d'elles-mêmes. Pendant un instant, je parle avec la voix et les mots d'un autre. Ce n'est pas une expérience superficielle. J'arrive à me troubler tout seul. Je le fais de temps en temps avec les morts qui me manquent, pour les entendre. C'est comme un coup de téléphone qui vient du thorax. Je dis une ou deux phrases et raccroche vite avant de trahir la supercherie. J'ai une connexion trop chancelante pour bavarder durablement avec ma mémoire mais le temps que ça dure, ça sort clair et bien audible.

Je me rends compte qu'en dessin aussi bien qu'en imitation, je suis comblé chaque fois que j'arrive à héberger quelqu'un. Je deviens deux en un, comme les lessives avec savon plus adoucissant. Deux en moi. Ce quelqu'un peut être une chienne qui somnole sur un tapis ou l'arène d'un cirque vue depuis ses gradins. N'importe quoi extrait du monde visible. Le plus émouvant à héberger, de mon point de vue, ça reste encore les gens et les arbres. Mike, sa grande affaire, c'est la lumière à l'intérieur et à l'extérieur d'un bâtiment.

Il vient bien, Mike. C'est lui, sur le papier. Je suis toujours surpris de parvenir à dessiner. Toujours troublé quand la vie se manifeste sous le crayon. La virtuosité s'atteint vite si on dessine sans arrêt. Vers vingt ans on sait représenter n'importe quelle forme et on peut commencer à vivre du dessin. Les gens qui voient nos dessins les trouvent réussis et les achètent. Ça ne signifie pas que le dessinateur, au moment où il aborde ses dessins, sache les faire. Je doute de savoir les faire. J'ai acquis quelques ficelles qui me servent autant qu'elles m'encombrent mais aucune espèce de sécurité.

Depuis combien de temps dessinons-nous, Mike et moi ? Cinq minutes, peut-être. Combien de temps dessinerons-nous, en tout ? Un rien, un petit laps. J'ai l'impression d'écrire ce petit laps depuis des heures. Mes élucubrations débordent ces dessins. Je les fais durer. C'est mon premier et dernier portrait de Mike. C'est son dernier croquis. Ce sont les seuls dessins que nous aurons faits ensemble. Je sens monter la panique que ça s'arrête.

*

Pourquoi dessiner les gens ?

Parce que je ne les regarde pas avec assez d'attention. Je ne m'en approche jamais suffisamment. C'est un parcours du combattant, il faut dire. Le don que nous avons pour la dérobade, la dissimulation, la fermeture, la raillerie, l'engueulade et la morsure est toujours à l'affût. Les amours les plus fortes sont pleines d'exaspération et d'angles morts. Ça ne rend pas évident de se dévisager. C'est une épreuve d'offrir son visage, je m'en rends compte chaque fois que je rougis sous un regard. C'est une responsabilité de s'emparer d'un visage, je m'en avise chaque fois que j'en caresse un. Je ne sais pas dessiner un visage en toute confiance, facilement. C'est toujours risqué de faire un portrait. Ce n'est jamais une formalité. Peut-être que si j'étais un portraitiste des rues, de ceux qui croquent le touriste sur la Piazza Beaubourg, je m'automatiserais. Mais je ne crois pas. Il y a une telle profondeur de coulisses mal éclairées derrière un crâne. Ça m'impressionne à chaque fois. En ce moment, je suis aux confins de ce que je peux affronter comme portraitiste. Le masque mortuaire de ma grand-mère maternelle m'a coûté moins, je savais qu'elle n'était plus en état de le voir. Là, je vais montrer son masque mortuaire à Mike. Je n'aurais pas pu me lancer dans un tel dessin de but en blanc. Il m'a fait peur. J'ai dû traverser le premier pour y accéder.

Dans une maison d'arrêt des bords de Loire, en 2010, une quinzaine de détenus ont défilé devant moi pendant une heure et demie, un par un. Ils voulaient que je les dessine. Ça se passait sous la surveillance du bibliothécaire de la prison, un jeune barbu avec ces pulls bleu marine dont quelques rangs de mailles sont blancs, comme en ont les gendarmes. J'avais grosso modo six minutes par portrait. C'était un abattage de faire autant de portraits en si peu de temps mais je l'ai pris comme un exercice. Chacun s'asseyait sur la chaise encore tiède du précédent et plantait son regard dans le mien en annonçant : c'est pour ma mère, c'est pour ma femme, c'est pour moi, c'est pour mes enfants. J'ai placé la barre aussi haut que j'ai pu. Je me suis emparé de chaque visage avec un maximum d'éveil. Je suis passé sans transition de l'atonie du premier à la fébrilité du deuxième, de l'adolescence mal dégrossie du troisième à la vieillesse tabagique du quatrième, de la gouaille du cinquième à la gravité du sixième, etc. J'ignorais tout de ces hommes. Je savais seulement qu'ils avaient quitté une cellule pour venir ici et qu'ils la rejoindraient le dessin fini. Quand le dernier s'est levé, a pris son portrait, l'a regardé en fronçant le sourcil et m'a serré la main en me disant : « Je ne pensais pas que c'était aussi facile », j'étais essoré. La chemise me collait au torse. On est restés seuls, le bibliothécaire et moi. Il est venu se placer timidement à côté de la chaise vide. « Est-ce que ce serait abuser de vous en demander un dernier ? » Je l'ai invité à s'asseoir et j'ai fait son portrait dans un état de relâchement qui lui a un peu nui. Je ne voulais pas traiter moins bien l'administration pénitentiaire que ses hôtes mais rien à faire, l'élastique s'était distendu. J'avais l'idée que ce type et moi étions du même côté de la barrière, que nous sortirions de la prison, moi tout à l'heure, lui le soir, et je lui adressais un regard de moindre intensité. Je me battais encore avec une ressemblance qui m'échappait quand la porte s'est ouverte sur un maton. Le bibliothécaire a tendu une main vers le dessin et l'autre vers moi. « Merci beaucoup. Je dois retourner dans ma cellule. » C'était, lui aussi, un prisonnier.

En confondant détenu et fonctionnaire, j'ai reçu une bonne leçon. Il est impossible d'aborder chaque visage avec une absolue neutralité de jugement mais c'est à ce prix seul qu'on peut les dessiner bien. On doit ne poser que des questions, n'avoir aucune réponse préconçue. Dès qu'on a un préjugé sur quelqu'un, on lui enfile un collant sur la tête et on le voit déformé.

Il me semble que je vis mieux avec un regain d'attention aux visages. Le portrait d'observation peut sembler une homéopathie minuscule, en disproportion complète avec la gravité du mal que nous avons à nous dévisager. C'est vrai, le traitement n'est pas proportionné au mal mais il est à mon échelle. À petit gars, petite discipline. Une activité régulière de dessinateur d'observation n'est pas une tâche insignifiante pour celui qui la pratique. Elle accroît la curiosité. Elle rend le visage d'autrui plus significatif, moins indistinct. Elle met les proches à meilleure distance et fait adhérer mieux aux inconnus. Elle rend sensible à des familles morphologiques. Une tête en évoque toujours une autre et c'est une source infinie de scénarios et d'émotions. Elle combat aussi les effets secondaires d'autres traitements : l'information et le divertissement, par exemple. L'information et le divertissement essaient à chaque instant de me détourner d'aller moi-même sur le motif. D'aller vers le vrai visage. Ils me livrent les motifs à domicile, ils me glissent les visages par millions dans la poche. Si je suis devant le vrai motif ou le vrai visage, ils font tout pour m'en distraire. Je peux passer la majeure partie de ma vie à regarder des images élaborées par d'autres et n'aller jamais à leur source. À contempler jusqu'à saturation des figures sur écran qui me regardent, me sourient, me parlent, contrefont l'orgasme mais ne sont pas là et ne s'adressent pas à moi. Le malaise de ce face-à-face avec des fantômes m'a fait cesser de regarder la télévision quand j'avais une vingtaine d'années puis cesser presque complètement de voir des films vingt ans plus tard. C'est plaisant de regarder des comédiens mimer l'existence mais je l'ai assez fait. Je recommencerai quand je serai vieux et empêché de vivre. Pour l'instant, je continue d'aller à la source poser directement au visage des questions qu'on ne lui pose qu'en dessinant. Je m'applique à montrer au modèle sa présence pour nous en persuader tous les deux. On doit se convaincre qu'on est là. Ça a l'air idiot, mais c'est un des nœuds du problème, être là. Quand la vie est heureuse, elle est hallucinogène. Quand elle est emmerdante, elle est anesthésiante. Quand elle est tragique, elle est insupportable. Mon cerveau s'absente ou essaie de s'absenter dans les trois cas. C'est d'ailleurs le seul organe qui s'absente, tout le reste de mon corps est rigoureusement taillé pour la présence. J'ai un corps constamment de garde et un esprit presque toujours en vadrouille. Quand mon corps veut parler au cerveau – et ça arrive chaque seconde – il est rare qu'il le trouve à son poste. Je me sens une baudruche de mille trois cents grammes lestée par une ancre de soixante-quinze kilos qui s'enfonce lentement dans un terrain meuble. La baudruche monte, descend, fait des huit, tire sur sa chaîne, tourne autant que possible sur son aire mais ne lèvera jamais l'ancre et sombrera avec.

Je paie cher ma présence à moi-même et aux autres mais je suis dédommagé en nature ; un bon repas, quelques câlins, une causerie complice, des paysages superbes. Mon absence à moi-même et aux autres, si elle dure le temps d'une sieste, est hygiénique et me repose. Au-delà, elle me ruine à tous les coups.

*

Il m'arrive, au beau milieu d'un dessin, d'être tenté d'abandonner la ligne dans le blanc. La même envie me prend parfois au cours d'une conversation : tout planter là.

Laisser tomber la conversation, ça a été l'attitude d'une bonne partie des peintres au xxe siècle. Tourner le dos au modèle. Faire des gestes d'acéphale. Ne rien élaborer. Jeter au jugé un grand fagot de traits et signer en bas à droite. Appeler son fagot *Composition VII* et plus *La mère de l'artiste au fichu jaune*. On comprend pourquoi le peintre du XXe siècle a martyrisé ou éliminé l'effigie humaine comme jamais auparavant. Tueries et natalité galopante ont décimé et multiplié les hommes à des cadences qui ont tétanisé le portraitiste. Comment tenir la chronique de cette hécatombe et de ce jaillissement perpétuels de visages ? Il n'existe aucune galerie des Batailles assez grande pour recenser les victimes du XXe siècle, aucune galerie des Glaces assez vaste pour en refléter les vivants. La peinture n'y suffit plus, la technologie l'a suppléée jusqu'à pratiquement la remplacer.

Pardon d'évoquer le XXe siècle. Je sais qu'il est fini depuis une paye mais pas pour moi. J'avais trente-cinq ans à la fin du millénaire passé, c'était trop vieux pour entrer dans un autre. Les habitudes étaient prises. Je reste en dix-neuf cent et quelques avec mon rond de serviette. Commencer une année par un 20 en rédigeant une date me semble toujours artificiel, comme de dire le 31 février. Ce sont des temps qui n'existent pas. Le XXe siècle a été le théâtre de tels séismes que j'ai l'impression d'être coincé sous ses décombres. C'est toujours de là que j'appelle pour attirer l'attention sur le tas de morts et de blessés dont j'émerge. Je suis pourtant né au bon endroit dans sa bonne moitié. A-t-on eu plus de possibilités de bien-être qu'en Occident entre les années soixante et deux mille ? Y a-t-il eu beaucoup d'enfances aussi cosy que la mienne depuis que le monde est monde ? Quand j'ai appris l'histoire qui m'a précédé, j'ai trouvé le prix de ce confort exorbitant. Délicieux sur bien des aspects mais pourri à la moelle. Alan disait : « J'aime beaucoup la vie que je mène tout en n'étant pas du tout d'accord avec elle. »

Je reviens au portrait. Depuis les siècles des siècles, le peintre n'avait partagé sa licence sur le portrait qu'avec le sculpteur. En quelques décennies, il a bradé 99 % de son activité au photographe, au cinéaste, plus récemment au robot physionomiste préposé à la reconnaissance faciale. Perte de souveraineté immense. Les pratiques sont pourtant bien différentes. Le dessinateur d'après modèle regarde l'homme à l'œil nu. Les autres ont une lorgnette. Ils ont besoin d'une artillerie pour capter, analyser, diffuser un visage. Le dessinateur peut tracer un visage avec le pouce du pied dans le sable humide et le portrait est là, instantané. Le dessin est rudimentaire, ce qui ne lui interdit pas d'être somptueux. Les caméras constatent la présence humaine, le numérique en recrée un avatar à l'identique ou modifié, le dessinateur l'engendre. L'acte du dessinateur est intégralement physique et souvent sensuel. D'ailleurs, il est beaucoup plus troublant de poser seul à seul pour quelqu'un qui dessine votre visage que pour quelqu'un qui le photographie ou le filme. Troublant aussi pour le dessinateur, visage offert en échange de celui qu'il prend. J'ai toujours trouvé marrant que pour regarder le monde, les cinéastes et les reporters commencent par se planquer derrière un boîtier, fermer un œil et mettre l'autre œil devant un minuscule cul-de-bouteille. Ça me rappelle ce sketch de Raymond Devos où un ophtalmologiste disait à son patient : « Fermez les yeux, pour voir. » De nos jours, les écrans de contrôle autorisent le cameraman à conserver les deux yeux ouverts mais ne s'interposent pas moins entre lui et ce qu'il regarde. À telle enseigne qu'il ne regarde plus que l'écran de contrôle.

Tous ces procédés ont assez prouvé leur validité par la quantité de chefs-d'œuvre qu'ils ont produite mais la technologie est fragile. Qu'est-ce qu'il en sera de Fellini dans trois cents siècles ? Même dans trois ? Par précaution, il vaudrait peut-être mieux confier les silhouettes de Mastroianni et d'Anita Ekberg au calcaire de la caverne plutôt qu'à un disque dur. Les prophètes de malheur me disent : de toute façon, il n'y aura personne pour les voir. Il faut partir du principe qu'il y aura toujours quelqu'un pour voir.

C'est sans doute parce que l'homme pullule qu'il a besoin de plus en plus d'écrans pour se contenir. C'est pour la même raison que le peintre a de moins en moins envie d'ajouter des visages à la masse des visages. Il est malade de trop de présences. Or, ce qu'ont dit et continuent de dire d'éclatant les peintures de Velázquez ou de Vermeer, c'est justement la présence humaine. Elles attestent le prodigieux intérêt de ces peintres pour toutes les manifestations de la présence humaine. Elles affichent la maîtrise hallucinante et le temps infini qu'ils ont déployés pour faire état de la présence humaine. Leurs toiles sont des actes de foi en la légitimité de la présence humaine. Comme s'il avait fallu, depuis l'origine des temps et jusqu'au XXe siècle, édifier l'homme envers et contre les guerres, les catastrophes, les famines et les épidémies. Étayer, peaufiner, chamarrer sa silhouette. Ne pas le perdre de vue. Le protéger.

Je dis « depuis l'origine des temps » bien que l'effigie humaine soit à peu près absente des premiers millénaires de la peinture. Des troupeaux d'animaux déferlent sur les parois des grottes du paléolithique et on y voit à peine un païen.

Je suis descendu avec des copains dessinateurs jusqu'au salon noir de la grotte de Niaux, en Ariège, huit cents mètres sous terre. On était escortés par des bouquetins, des cerfs, des chevaux et des bisons qu'on a copiés à la lueur de nos lampes torches. On a aussi vu quelques flèches et autres signes cabalistiques mais à part notre guide, aucun bipède. Ce qui sautait aux yeux, à mesure qu'on relevait ces dessins d'une remarquable netteté, frais pondus de la veille, c'est que les mains qui tenaient le charbon de bois treize mille ans auparavant étaient exactement les nôtres. Elles nous allaient comme des gants. On se reconnaissait. Chacune avait son style. Celle-ci soignait, celle-là bâclait. L'une était en puissance, sa voisine en subtilité. Là, un caricaturiste désireux d'attirer l'attention, ici, un scientifique soucieux d'instruire. Toute distance entre nous et nos vieux collègues s'est abolie, les treize mille ans avec. On a dessiné au coude à coude. Un dessin qu'on observe attentivement se refait sous nos yeux. On voit la pelote du trait se dévider. On entend chuinter l'outil sur le support. On dialogue avec l'intelligence qui a présidé au tracé dans une langue qui n'a pas changé depuis les origines. On perçoit les repentirs, les hésitations ou au contraire la plénitude qu'une solution graphique a inspirée à son auteur. On s'en afflige ou s'en réjouit avec lui. Si le dessinateur est pataud, on entend ses potes le charrier. On les entend rire, se conseiller, chantonner, se taire en plein effort. Souffler par les narines dans la difficulté. Jurer quand le charbon de bois casse.

On imagine aussi un individu isolé dans le halo de sa lampe, seul de sa tribu et de sa génération à pratiquer cette étrange manie de peindre, n'ayant reçu aucun conseil, n'en transmettant aucun. Accumulant des silhouettes que personne ne vient voir pour répondre à une injonction intérieure lancinante. Elle le tourmente plus qu'elle ne le réjouit mais pas question de lui désobéir.

J'aime dessiner de jour dans des endroits lumineux mais je n'y atteins jamais au calme comme la nuit, éclairé par une lampe d'architecte. Didier Lefèvre, quand il a failli laisser sa peau en Afghanistan, disait que les seuls moments de réconfort du calvaire qu'a été sa traversée nord-sud du pays en 1986, il les tirait de la rédaction de son journal à la lueur de sa lampe frontale, enfoncé dans son sac de couchage, cerné du noir absolu. Certaines sensations sont à tout le monde depuis toujours. C'est beau de voir la Terre de très haut sans la toucher mais l'expérience ne date que du XVIIIe siècle et des premiers aérostats. Elle est encore un peu verte. Les seules émotions à même de nous pénétrer jusqu'au trognon, que ce soit de bien-être ou de terreur, sont préhistoriques.

Treize mille ans, c'est un bail pour l'historien. Pour un astrophysicien, une pellicule sur l'épaule. Pour un dessinateur, c'est l'instant même.

S'il arrive que le dessinateur-chasseur-cueilleur s'écarte par exception de son bestiaire, il va directement à l'essentiel : il gribouille des vulves en W et pratiquement rien autour. Pareil quand il sculpte : des grosses fesses et des gros nichons avec à peine de bras, de jambes et de tête. Pour quelqu'un dont les cerfs n'ont rien à envier à Michel-Ange, c'est une étrange réticence. Pourquoi, quand on a les moyens graphiques de peindre une Sixtine animalière, ne représente-t-on sa propre espèce que sous la forme de graffitis de chiottes d'autoroute ou d'empreintes de mains trempées dans du ketchup ? On s'accorde à dire que cette réticence est religieuse, comme il y a un interdit de la représentation dans l'islam. La vérité, c'est qu'on n'en sait rien. Chacun peut y aller de sa lecture et personne ne s'en prive. Je crois que l'homme préhistorique se dessinait et se gravait beaucoup. L'enfant préhistorique, comme tous les enfants, dessinait son entourage. C'est impossible autrement. Qui dessine un bœuf dessine tout le reste, et donc la figure humaine. Alors, pourquoi pas dans les cavernes ? Je n'en sais rien. Parce que les groupes humains n'ont jamais vécu là. Ils vivaient devant, pas dedans. Les cavernes sont noires, chaotiques, suintantes comme des muqueuses, tortueuses comme des viscères. On n'a pas envie d'y abandonner le fils de l'homme, même en effigie. Il a eu assez de peine à sortir d'un ventre pour qu'on l'y remette. En revanche, puisqu'elles sont des enclos naturels, il faisait bon y domestiquer des bêtes sauvages. Les parois des grottes révèlent à la lueur des torches des reliefs zoomorphes que la main a spontanément envie de compléter. Le peintre a représenté ce qu'il connaissait de plus spectaculaire : l'animal en pleine course. Quand un lieu est solennel, sombre, pauvre en oxygène, absolument silencieux si on se tait, entièrement sonore si on parle, quand il impressionne par ses couleurs et ses formes sans cesse changeantes à la lueur des torches, il nous drogue et nous transcende. On a envie d'y peindre le mieux possible ce qu'on connaît de plus fort.

J'ai dessiné quelques singes sauvages qui étaient mes voisins, en 2007, dans les collines boisées de l'est de Kyoto, au Japon. Passé le premier frisson de répugnance devant ces visages butés, ces bras surdimensionnés, ces culs en peau de gland, j'ai été ébloui par le spectacle de leurs évolutions au sol et dans les arbres. Et envieux d'une telle perfection. Dieu sait qu'Adam et Ève peuvent être sexy mais devant la beauté de l'animal sauvage en mouvement, ils ont eu raison d'aller se rhabiller.

L'homme d'avant le miroir ne voyait son propre visage que dans les eaux stagnantes. Ça ne facilitait pas l'autoportrait. En guise d'autoportrait, il préférait la signature : une empreinte ou un paraphe sur la roche. Le portrait de son semblable, en revanche, il devait le faire abondamment mais avec des matériaux ou sur des supports qui ne se sont pas conservés : le sol, les écorces, les peaux, les pierres du dehors. La preuve que l'homme magdalénien dessinait en dehors de la caverne, c'est l'impeccable réalisme des animaux qu'on trouve au-dedans. Pour représenter avec un tel luxe de détails à plusieurs centaines de mètres sous terre un bison que personne n'a pu traîner par les pattes jusque-là, il a bien fallu que l'artiste s'entraîne à l'air libre. Qu'il répète ses gestes. Qu'il les mémorise, comme je suis en train de le faire pour dessiner Mike ce soir sans modèle, quand je serai seul dans ma caverne d'en face.

*

Si j'avais la machine à explorer le temps de Wells, je n'irais pas, comme le Philosophical Inventor du roman, en 802 701 après J.-C. Ma première excursion serait pour apercevoir l'homme aurignacien, celui qui a orné la grotte Chauvet il y a trente-cinq mille ans. J'aurais garde de le déranger. Je ne regarderais pas de haut un type qui avait un cerveau beaucoup plus gros que le mien et des capacités à l'avenant. Je me cacherais derrière une stalagmite de la salle du fond et j'attendrais qu'il entre. J'aurais le cœur à cent vingt. Il pourrait venir un ours. On voit les traces de leurs griffes partout sur la roche, l'empreinte de leurs corps au sol dans des bauges. On sent leur odeur. J'entendrais enfler un faible bruit de pas que je prendrais au début pour un goutte-à-goutte. Un éternuement suivi d'un raclement de gorge résonneraient dans un couloir. L'aurignacien entrerait avec une lampe-cuillère dans chaque main. Surprise, ce serait un gamin. Ce serait Mike à dix ans. Un mètre trente à tout casser, pieds nus, seul avec son chien. Le chien aurait l'air d'un animal de compagnie, une sorte de spitz. Un tas de charbon de bois sur les restes d'un foyer noirci les attendrait au pied de la paroi. À côté, un autre tas de bois sec entre des pierres auquel Mike mettrait le feu pour s'éclairer. Il poserait une lampe au sol, garderait celle de la main gauche, choisirait son fusain de la main droite, l'affûterait sur une arête et se lancerait, bras tendu pour ne pas se faire d'ombre. Il aurait commencé la veille un rhinocéros ardéchois qu'il voudrait compléter. Il le reprendrait où il l'aurait laissé. La fumée monterait droit vers la voûte, tirée par un courant d'air.

Je décris ça trop froidement. En réalité, derrière ma colonne, je serais déjà évanoui. Je cherche une émotion pour décrire le bouleversement que je ressentirais à contempler l'enfance du dessin. Je n'en trouve qu'une de même intensité : celle que j'ai à observer Mike à l'autre extrémité du temps, qui continue et achève le trait. Quelque part sur terre, ignoré de nous, impossible à identifier, il y a le premier dessin qui se soit conservé. Mike me fait toucher du doigt le dernier. Un jour, l'amorce du premier rejoindra la chute du dernier dans une continuité que seule notre disparition comme espèce interrompra. Entre les deux, toute notre trajectoire se dévidera sans interruption, en autant de pointillés qu'il y aura eu de dessinateurs. Nulle activité humaine n'aura produit un aussi long ruban sans se transformer d'un iota.

Je n'invente pas ce gamin et son chien. Leurs empreintes ont été relevées et datées par l'équipe du préhistorien Jean Clottes. Elles ont vingt-six mille ans. Elles sont des portraits, elles aussi. Les orteils de l'enfant parlent comme des yeux, la plante a le galbe d'une joue.

Puisque j'ai la machine à explorer le temps sous la main, j'en profite pour faire un saut dans l'Égypte gréco-romaine. J'atterris au IIe siècle de notre ère, au sud-ouest du delta du Nil, dans la région du Fayoum. Je retrouve Mike, là aussi. Ce n'est plus un préadolescent aurignacien, c'est un jeune homme aux cheveux longs (celui qu'il était quand l'armée américaine le menaçait de conscription et d'envoi au Vietnam). Il peint à l'encaustique sur bois des portraits funéraires dans la tradition grecque d'Alexandrie. Ses portraits n'ont de funéraires que le nom et l'usage, on n'a jamais fait plus vivant. Mike travaille tel que Sénèque aurait pu le surprendre, à un siècle près : « Pour attraper une ressemblance, il dispose devant lui une palette de couleurs. Il marque en trois mouvements les traits du visage et, de la cire au tableau, l'œil et la main vont et viennent sans aucune gêne. » La cire chaude exige de travailler vite. Le résultat est un miracle de présence. S'il se trouve que ma lectrice ou mon lecteur n'a jamais vu de portrait du Fayoum, allez en voir. C'est le groupe humain le plus vibrant que l'histoire de l'art nous ait laissé. Mike peint une femme dont le regard fait baisser le nôtre. Il écrit en dessous du menton, en démotique : « Qu'Osiris te rende la poussière légère et t'accorde l'eau fraîche. Vis ! » Puis un peu plus bas : « Eupsykhei ! », bon courage !

Je me souviens d'un jour où j'arpentais au pas de charge le musée des Beaux-Arts de Bruxelles. J'ai été stoppé par un autre regard de femme. Un portrait de Rubens, je crois. Cette femme n'était pas dans un cadre, elle était si charnelle qu'elle sortait du mur. Elle semblait debout derrière un guichet. Je me suis arrêté pour lui demander pourquoi elle me fixait avec tant d'acuité. Elle m'a répondu : « Tu sais que ton regard est en faisceau. Deux rayons partent de tes prunelles et se rejoignent à l'endroit que tu vises. Quand tu plonges tes yeux dans ceux de quelqu'un, tu ne regardes qu'un œil à la fois. Soit le droit, soit le gauche. Jamais les deux en même temps, c'est impossible. On ne regarde pas quelqu'un dans les yeux, on regarde alternativement l'un ou l'autre œil. C'est d'ailleurs une source de grande perplexité. Pendant que l'œil qu'on regarde paraît attentif et bienveillant, l'autre n'est-il pas en train de se payer notre fiole ? Eh bien, approche-toi... *(Je l'ai fait.)* Tu vois ? Tu comprends ? *(Non, je ne voyais pas, je ne comprenais rien.)* **Peter Paul m'a peint une pupille parfaitement nette et l'autre floue.** Ainsi, au lieu que je laisse à ton regard sa liberté de mouvement, je l'oblige à plonger directement dans ma pupille nette. C'est comme ça que je t'arquebuse. »

Une pupille nette, l'autre floue. Idée magistrale. Je me suis promis ce jour-là que j'essaierais cette ruse mais je ne l'ai toujours pas fait.

À chaque génération il faut des aigles. Nous avons besoin d'individus pour en regarder d'autres comme Rubens a regardé cette femme. Ou comme Velázquez a regardé le pape Innocent X (qui s'est récrié : « Trop vrai ! » en découvrant son portrait, paraît-il). Ou Vermeer, la laitière. Ou Rembrandt, sa propre face dans le miroir. Ces tableaux, qu'ils soient idéalistes ou implacables, outre le génie dont ils attestent, sont tous des preuves d'amour. Cet amour, on le croyait insatiable. On le voit de plus en plus dépasser la satiété et s'épuiser dans la saturation. Si le soin porté à la représentation de la vie humaine s'assoupit dans les arts graphiques, c'est un signe parmi d'autres que la considération pour l'homme baisse chez l'homme. Que l'homme se fatigue de l'homme. Quand l'artiste dessine d'après photo plutôt que devant modèle ou délaisse le monde sensible pour s'installer entièrement dans le creuset numérique, la présence aux choses et aux êtres perd de son urgence. On sent bien quand un modèle est dans la même pièce que le peintre ou pas. On le respire avec son nez. Les portraits de Lucian Freud dégagent un concentré d'odeurs génitales, de planchers et de draps. Les écrans sentent quelque chose quand ils sont grands et laissent à une image filmée par un artiste le temps de s'installer. On cite toujours Tarkovski, on a raison : l'humidité de ses forêts prend à la gorge. Ses acteurs en sont imbibés. Eux aussi sentent l'herbe, le champignon et la terre détrempée. Si les images défilent à toute vitesse, les odeurs mêlées n'en font plus aucune. Quand l'hyperréalisme remplace le tremblé et l'à-peu-près de l'interprétation, l'examen au scanner remplace l'auscultation. La médecine et le portrait, deux modes de diagnostic, deux fabriques d'images, ont souvent eu partie liée et suivent la même évolution. On se palpe toujours moins de nos jours, on se prend avec de longues pincettes qui dispensent d'être ensemble dans la même pièce. La constatation ne date pas d'hier. Taine écrivait vers 1890 : « Depuis plus de trois siècles, nous perdons de plus en plus la vue pleine et directe des choses (...) nous étudions au lieu des objets leurs signes. » (Taine attribuait les succès stratégiques de Napoléon à sa capacité à ne pas chercher vainement les signes derrière la réalité mais à débusquer directement la réalité derrière les signes.) Le premier champ de bataille des empires, aujourd'hui, c'est internet. Le Napoléon qui s'empare des signes, d'un même geste, rafle la mise du réel.

Je suis entouré, en Europe occidentale au début du XXIe siècle, de moins de dessinateurs familiers de la mécanique des corps que ne l'était le tout-venant des dessinateurs du passé (moi-même, qui dessine d'observation, je suis farci de lacunes. Je suis venu tard à la discipline, sans l'exercer vraiment comme une discipline. À l'ère du divertissement, la discipline est sans cesse détournée de ses moyens et de ses buts. Il y a toujours un gros paquet de pop-corn entre la discipline et nous. Difficile de résister. Enfant, j'ai dessiné les gens que je voyais dans le style des bandes dessinées que je lisais. J'observais mieux leurs faits et gestes pour les rapporter que leur apparence pour la reproduire).

Ces temps-ci, ce sont certainement les Chinois qui pratiquent le plus le dessin académique. Il n'est pas hérité de leur tradition, où l'homme était une petite silhouette évanescente dans d'immenses panoramas. Leurs maîtres anciens faisaient dans la synthèse et la suggestion, ainsi que les y invitaient leurs matériaux. Le papier de riz ou de mûrier, la soie et le lavis d'encre ont des sortilèges très différents de la toile de lin, du bois et des pigments minéraux sur des murs enduits. Les Grecs ont peint avec la terre comme ils ont fait du théâtre : un androgyne se pointe devant nous, il se campe sur ses grands pieds, se déhanche savamment et nous raconte l'histoire du monde. Les Chinois ont peint avec l'eau comme ils ont fait de la métaphysique : une planète émerge du vide, un paysage sort des brumes et dans un point de ce paysage pas plus spécial qu'un autre, sous un arbre parmi des milliers, un infime voyageur qu'on ne voit pas du premier coup fait une brève halte. Il a beau être là depuis six siècles, sur les rouleaux de Tang Yin, on a toujours l'impression de le surprendre au bon moment. Une seconde avant, il était caché par le tronc d'arbre, une minute après, il le sera par le brouillard.

Quand on travaille sur papier absorbant avec de l'eau et de l'encre, ce qu'on pêche le mieux, c'est le fugace et l'à peine visible. Le lavis, à la fois pour son nom poétique, ses vertus expressives et le plaisir exigeant qu'il y a à le pratiquer, est un des plus beaux passe-temps qui soient. On se prend pour le bon Dieu quand on fait du lavis. On sépare la lumière des ténèbres et on voit que cela est bon.

Depuis Tang Yin, et singulièrement ces dernières décennies, la Chine a traversé des programmes de machine à laver idéologique qui ont bien récuré la tradition. Les détergents du réalisme socialiste et de l'économie de marché ont fait pis que délaver le paysage, ils l'ont dissous. Le petit philosophe est sorti de son abri végétal aplati par les réformes agraires et criblé de pluies acides. Il est venu vers nous jusqu'à remplir tout notre champ visuel. D'abord sous la défroque de l'ouvrier ou du paysan maoïste, désormais sous n'importe quelle forme pourvu qu'elle se vende. Il fait coulisser sur le rouleau numérique de son smartphone un décor bâti comme l'ancien mais entièrement usiné : les montagnes sont devenues des gratte-ciel à touche-touche, le fleuve est une autoroute à quarante-huit voies (elle existe, elle bouchonne), la pollution répand sa brume et les prompteurs publicitaires dévident en boucle la calligraphie du Lettré.

Ma machine à explorer le temps a fini par m'attirer du côté qui me tente le moins : le futur. Mike n'y est plus. Une Mercedes me conduit au campus universitaire de Tsinghua, au nord-ouest de Pékin. Grand luxe à l'arrière du palanquin. J'ai contre le genou droit un minibar où l'alcool de sorgho voisine avec le cognac et le malt écossais. Devant moi, un assortiment de livres. Ce sont des méthodes d'apprentissage du portrait grâce auxquelles, à même pas trente ans, mon chauffeur a fait fortune au point de posséder une école où une dizaine de professeurs enseigne à une centaine d'élèves. Il n'y a que la Chine d'aujourd'hui pour enrichir un portraitiste académique.

Je feuillette. Les portraits sont hallucinants de savoir-faire. Une manière à la Memling appliquée à des escadrons de visages auxquels il ne manque pas un cheveu. Les modelés sont impeccables. Le grumeleux de la lumière au bout du nez, l'huileux de la lumière sur les lèvres laissent soupçonner que tous les modèles ont posé dans les mêmes conditions, devant le même objectif. Ce n'est rien de dire que ce jeune homme sait dessiner. Il a tout du prodige.

Le problème, c'est qu'il s'enquiquine comme un rat mort. Il me le dit. On l'a chauffé très tôt pour qu'il ponde du visage au kilomètre. Il en avait le talent, il l'a fait. Une certaine exaltation a accompagné ses premiers succès, la reconnaissance des profs, l'insertion rapide dans un système où, moyennant une production intensive, on dégote vite des filières et beaucoup d'argent. À vingt-huit ans, cette pyramide de visages l'a hissé sur une plateforme dorée où il tourne en rond comme un préretraité. Il est temps de renaître. Il pense le faire via la bande dessinée. Le manga est partout en Asie, il serait malin d'ouvrir une voie moins fréquentée. Est-ce que j'accepterais de devenir son *Laoshi*, son maître ? Il s'assurerait un pied-à-terre confortable à Paris pendant trois ans. Il s'installerait dans un coin de mon atelier et s'acquitterait des menues tâches que je voudrais bien lui confier. Il ne me dérangerait pas, il regarderait sans rien dire.

La proposition me prend au dépourvu. Je la décline poliment. Je travaille chez moi, en famille, dans une pièce encombrée, je n'ai pas de place pour un arpète. Pourtant, je comprends bien ce jeune homme. Moi aussi, en mon temps, j'ai rêvé d'apprentissage à l'ancienne. Je n'avais aucune idée d'une porte où frapper. Il me semblait que la roue avait tourné. Elle était finie, l'époque des maîtres et des disciples. On croise toute sa vie des gens qui vous édifient mais il n'est pas évident de les trouver quand on les cherche, au moment de nos années de formation. Encore plus rare d'obtenir d'eux la proximité qu'on désire. Avec ce cadet chinois, ça vaudrait certainement le coup de prolonger l'échange. Il s'est empoisonné par le dessin, j'ai fait une expérience comparable au même âge. On n'y coupe pas, à un moment ou à un autre. Le dessin est une humeur corporelle comme le sang ou la bile. Elle se dérègle parfois. Surtout dans les âges de fortes poussées ou de baisses d'hormones. On se rend malade par excès, par défaut, par mauvaise hygiène de dessin. Il est intéressant de comprendre comment on attrape ces maux, comment on se débat avec, comment on s'en sort. Ça parle toujours de nous et du contexte dans lequel on vit. Mon chauffeur s'est élevé socialement à une vitesse foudroyante. Il s'est rendu malheureux en multipliant les visages jusqu'à plus soif. Il surexploite ces visages en leur appliquant un rendu génial de savoir-faire et accablant d'uniformité. Il a perdu tout intérêt pour ce qu'ils expriment et veut leur échapper en se réfugiant dans d'autres stéréotypes, préférablement non chinois et qui lui assurent un rayonnement international. Ça dit sans doute quelque chose sur lui et la Chine contemporaine.

La Mercedes me dépose à destination. Je raconte l'échange que je viens d'avoir à un ami pékinois. Son commentaire : « Ton portraitiste veut aller se la couler douce quelque temps en Europe et la fréquentation d'un dessinateur français fera bien sur son CV.

Ne va pas chercher plus loin. Et tu sais quoi ? Tu lui as dit non. C'est ce que doit faire un maître. Le maître dit toujours non d'abord, c'est protocolaire. Dire non, c'est dire oui. »

Je visite le département d'animation de Tsinghua. Ça bosse dur, jour et nuit. Une grande salle dévolue à la *motion capture* permet de se livrer à toutes les galipettes, sous le contrôle d'une batterie d'ordinateurs. La capture de mouvement est une technique qui ne date pas d'hier, elle remonte aux premiers temps de la photographie et aux recherches d'Étienne-Jules Marey. Elle alimente en priorité les activités siamoises que nous plaçons au-dessus des autres : tuer et soigner. Les militaires et les médecins l'utilisent et la perfectionnent depuis les origines mais son application la plus massive, aujourd'hui, est dans l'élaboration des jeux vidéo et, dans une moindre mesure, des films.

En couvrant un objet, un animal ou un humain de capteurs, on enregistre sa forme et ses mouvements, des plus amples aux plus fins – le moindre tressaillement de paupière –, et on les communique à une effigie. J'en ai vu, tout récemment, une application prometteuse, pour laquelle il n'est même plus besoin de capteurs, tant l'évolution technologique s'emballe. L'écran nous met en présence de Barack Obama, assis à son bureau, face caméra. L'ancien président déclare de sa voix calme, avec les gestes économes qu'on lui connaît, que Donald Trump est le dernier des pignoufs. Il s'agit selon toute apparence d'Obama, aucun indice ne peut en faire douter. Voilà que l'écran se partage en deux et nous révèle le pot aux roses : un homme devant une caméra est en train de dire les mots et de faire les gestes qui sont communiqués à Obama et, en temps réel, proférés et exécutés par lui. Un homme de chair, d'os et de souffle, en tout cas c'est l'illusion parfaite qu'Obama donne, est devenu la marionnette d'un autre. Les images ont toujours été trompeuses mais, aujourd'hui, plus aucune n'est fiable. On va bien s'amuser.

Nous entrons résolument dans le processus de notre remplacement par notre effigie. Le robot qui va nous tenir compagnie, nous préparer le dîner, nous branler, nous brosser les dents, nous enfiler le pyjama et border notre lit va aussi nous peindre à la manière de Van Gogh ou de Picasso (avant de nous étrangler, on voit le truc venir). Ces formalités accomplies, il n'aura plus qu'à se peindre lui-même jusqu'à extinction de ses batteries.

Que le robot dessine mieux que moi, grand bien lui fasse. Je ne dessine pas pour obtenir des dessins, la preuve : je ne les regarde plus quand je les ai finis. Je dessine pour vivre le moment où je dessine. Je dessine pour être présent à moi-même, aux autres et à l'entour. Quelle est la machine qui m'offre ces trois présences en une ? Le téléphone ? Sous ses dehors d'entremetteur social, il s'est donné mission de l'exact contraire. Et où est la machine qui jouit autant que moi de dessiner ?

La famille prend Mike en photo, elle a raison. Ils portent tous Mike en eux depuis autant d'années qu'ils le connaissent, ils n'ont pas besoin de se l'incorporer. Une photo suffira pour retenir son apparence du 2 janvier 2012, son essence est l'affaire privée de chacun. Moi, j'ai besoin de m'incorporer Mike, je ne le connais pas assez. Nous vivons notre dernier repas en sa présence, il me faut une eucharistie. Je dois manger mon copain. Mike mange sa fenêtre et Dieu sait quoi. Moi, je mange Mike. Manger des yeux ne me suffit pas. Je ne peux pas compter sur mes seuls yeux. Les yeux d'adulte ne retiennent rien. Chaque vision est lessivée par la suivante. J'ai besoin d'y adjoindre la main qui dessine. Le dessin suit un trajet interne au cours duquel la vision dépose son nutriment dans la mémoire. C'est comme ça que ça marche : un alambic qui va de l'œil à la main en transitant par une cuve où la forme est emmagasinée et fermente des années. La photo alimente et ravive ma mémoire après que je l'ai prise, quand je la regarde. Le dessin dépose une scène en direct dans ma mémoire au moment où je la vis. Ce n'est pas pareil.

À bien se regarder pour se dessiner, on attrape le contraire d'un refroidissement, on attrape un réchauffement. On tiédit au contact visuel du modèle. Si on observe un proche qui dort à côté de soi, on est volontiers attendri mais il arrive qu'à cet attendrissement succède la mélancolie de ne pas faire un. Quelqu'un qu'on connaît moins, s'il n'est pas totalement rétif, le dessin ne peut que nous en rapprocher. Très près. On passe alors la demi-heure complice d'un coiffeur attentionné avec une cliente de bonne humeur. On est bien. Chaque fois qu'un praticien capable est penché sur un sujet consentant, une boule va du bon côté du boulier.

C'est pour ça que j'aime ma vieille bande dessinée, qu'elle soit de qualité ou un peu foireuse. Contre vents et marées, avec ses pauvres moyens, elle persiste à s'occuper de l'homme. Elle le regarde s'escrimer avec la vie. Un personnage, elle le dessine dix mille fois sous toutes les coutures. Elle coiffe ou décoiffe sa houppette autant que nécessaire, le rhabille à chaque case, rapporte fidèlement ses paroles et ses pensées. Elle n'en a jamais fini de célébrer son héroïsme et son ridicule. Il faut aimer pieusement l'homme pour en dessiner des milliers et des milliers de petits emblèmes et montrer ainsi la merveille, le jobard et l'ordure qu'il est.

Je peins de grandes taches sur de grands formats, de temps en temps. Elles sont jolies comme des flaques d'eau ou des pans de murs décrépits. Je pourrais les signer en bas à droite et les proposer aux galeries, peut-être qu'elles en voudraient. Je m'en sers plutôt de fond pour y ajouter des motifs. Ces motifs, je m'applique à bien les finir en réfrénant mes envies de tout envoyer balader. J'ai l'impression que quels que soient nos métiers, il n'est plus temps d'envoyer rien balader. Les taches ont de beaux jours devant elles, elles n'ont pas besoin que j'augmente leur cheptel. Je pare au plus pressé en me rapprochant de tout ce qui est menacé de mort. C'est ça que je veux dessiner. Il y a de quoi faire.

*

Tu poses le crayon et me tends le carnet ouvert. Chacun récupère son dû. Tu regardes mes deux dessins. Tu as un haut-le-corps et bascules la tête en arrière. Tu dis « Oh, Emmanuel ! » dans un sanglot. Ta tête retombe sur la couverture de cuir refermée.

La famille t'entoure, Scott et ton frère t'aident à te soulever, retirer tes pantoufles et t'allonger. Je ramasse ton 6B et ton carnet par terre et les pose sur ta table de nuit. J'ai à peine eu le temps de regarder ce que tu as dessiné. La fenêtre et les branches du tilleul, comme deviné, et puis une forme. Je n'ai pas compris cette forme.

Tu es couché. Andrea s'enquiert de ce dont tu aurais besoin, tu fais signe : rien. Elle m'invite à rester à ton chevet. Je me rassois au bord du lit. On nous laisse seuls. La première image de ces heures passées auprès de toi qui me reviendra dans l'avenir sera toujours celle-ci : l'angle lumineux de la pièce bordé de fenêtres, ton oreiller blanc, la housse de couette bleue, ton pull à col roulé aux manches relevées, la jeunesse que te rend la maigreur.

Mon sac à dos bâille à mes pieds. J'y range mon carnet. Je vois le volume de Rousseau et le laisse où il est. Rousseau n'est plus de mise. Je ne suis plus le gars de la nuit dernière qui se montait le bourrichon tout seul en distribuant ses marque-pages. Je me faisais fort, en trois citations, de t'apaiser et de t'apprendre à mourir. Fallait-il être stupide. J'aurai passé toutes mes soirées, en ce bas monde, à m'exagérer les petits obstacles du lendemain et à minimiser les grands. On dirait que j'oublie à chaque fois comment est le réel et combien il se fiche de mes vues sur lui. C'est pour ça que je continue d'aimer vivre et d'en faire toute une affaire.

Les taches de lumière dans la chambre sont striées par l'ombre des montants de fenêtres et du tilleul. Le soleil, avec un arbre pour motif et un mur pour support, dessine à la plume l'hiver et au pinceau l'été. Le tremblement de l'ombre d'un feuillage sur un mur chaulé est l'image qui me revient le plus fréquemment à la seconde où je m'endors. Je fixe parfois des feuilles de papier à même une surface ensoleillée pour détourer les ombres avec une craie ou de l'encre. On pourrait appeler ce jeu d'enfant l'*héliopeinture*. Le résultat est toujours décoratif et figé comme un papillon mort. Le processus, lui, est très poétique. Cosmique, même. Si l'ombre est foisonnante, on met du temps à la copier et on la voit se décaler du tracé sur la feuille, à mesure que notre planète avance. On se croyait immobile dans une maison, on sent physiquement qu'on vole dans une fusée. C'est peut-être en faisant ce genre de dessin qu'Aristarque de Samos, il y a vingt-quatre siècles, s'est convaincu que la Terre tournait autour du Soleil. Les plus scrupuleux des dessinateurs d'observation ont toujours été les chercheurs en sciences naturelles. Ceux qui dédaignent les sciences naturelles, comme Platon, ou en étouffent les conclusions, comme les docteurs de l'Église, nous ont ensuite détournés de l'héliocentrisme pendant mille cinq cents ans. Il a fallu le chanoine Copernic et ses *Révolutions des orbes célestes* pour renouer avec l'observation d'Aristarque. La science préfère parfois ne pas désobéir à un dogme et bidonner ses calculs durant des générations plutôt que regarder le monde.

La découpe oblique d'une lumière sur un mur, Mike, c'était ton affaire. Quand je vois tes croquis, je sens le plaisir que tu prenais, après avoir établi les lignes d'une façade, à la couvrir partiellement d'une ombre en diagonale pour accentuer sa clarté. Maintenant, tu es couché les yeux fermés, les mains à tes flancs. Tu ne dessineras plus. C'est ce qu'a semblé réaliser ton corps quand il s'est cabré, tout à l'heure.

Le soleil continue à dessiner au-dessus de ta tête

et, d'où je suis, on dirait que tu rêves ce rectangle de lumière.

Je n'avais pas envie de faire ces dessins et nous les avons faits. Je n'ai pas envie de lire Rousseau et je serais bien inspiré d'essayer. Je sors le livre du sac et l'ouvre à l'une des marques insérées hier soir. Je dis à mi-voix :

« Je lis Jean-Jacques Rousseau en ce moment. *Les rêveries du promeneur solitaire.* Veux-tu que j'essaie de t'en traduire un court passage ? »

Sans ouvrir les yeux, tu réponds :

« Dis-moi de quoi ça parle et lis en français.

— Les chapitres s'appellent des *Promenades*. C'est la *Cinquième promenade*. Rousseau est dans une île sur un lac aux environs de Neuchâtel. Il passe deux mois à herboriser. Il fait le récit de ses journées au milieu d'une nature superbe. J'ai lu ça la nuit dernière.

— Vas-y. »

Je lis à voix haute deux ou trois paragraphes de cette *Cinquième promenade* qui compte une douzaine de pages. Je l'ai choisie parce que c'est la moins tourmentée. Elle est presque entièrement idyllique. J'en cite une phrase pour donner l'esprit du texte :

« L'exercice que j'avais fait dans la matinée et la bonne humeur qui en est inséparable me rendaient le repos du dîner (le déjeuner) très agréable ; mais quand il se prolongeait trop et que le beau temps m'invitait, je ne pouvais si longtemps attendre, et pendant qu'on était encore à table je m'esquivais et j'allais me jeter seul dans un bateau que je conduisais au milieu du lac quand l'eau était calme, et là, m'étendant de tout mon long dans le bateau les yeux tournés vers le ciel, je me laissais aller et dériver lentement au gré de l'eau, quelquefois pendant plusieurs heures, plongé dans mille rêveries confuses mais délicieuses, et qui sans avoir aucun objet bien déterminé ni constant ne laissaient pas d'être à mon gré cent fois préférables à tout ce que j'avais trouvé de plus doux dans ce qu'on appelle les plaisirs de la vie. »

Je prononce lentement et distinctement pour te bercer comme le ressac sur le lac de Bienne. Je tente de-ci de-là une traduction approximative des phrases les plus belles. Tu opines du chef une fois. Pour le reste, tu es immobile. Je me tais. Ton filet de souffle soulève à peine la couette. Il me semble que tu dors.

Je prends mon sac, me lève et quitte la chambre.

*

Gloria déploie une activité de maîtresse de maison un dimanche de repas familial et trouve encore le moyen de s'inquiéter de mon dîner. Je la remercie et la rassure, je continuerai de faire un sort au minestrone de Terry. Nous convenons d'une heure où je passerai demain avant d'aller prendre l'avion. Je salue tout le monde et m'en vais.

Le froid me saisit en traversant la rue. Le soleil a disparu, le ciel est gris. La nuit ne tardera pas à tomber. Il faut que je complète vite les clichés déjà pris en extérieur. Pendant que je fais le tour de la maison, appareil photo en main, l'atmosphère neigeuse me talonne.

Plus tard, au chaud, j'allume entièrement l'intérieur pour prendre des vues à la lumière électrique. Quand j'ai terminé, je vais m'asseoir à la cuisine avec mon carnet japonais. Je suis à côté d'une porte vitrée à deux battants. Sa croisée donne sur le noir du dehors. Une autre cuisine s'y reflète qui semble en pénitence dans le jardin.

Je veux reproduire le deuxième portrait de Mike tant que la chronologie des gestes à accomplir est présente à mon esprit. Avant de m'y mettre, j'ouvre la double page qu'il a ornée tout à l'heure.

À droite, la *lunette window*. À gauche, le dessin énigmatique. C'est la page de gauche qu'il a signée, en antidatant : Dec 31/2011. Pourquoi n'a-t-il pas inscrit la vraie date ? C'est le seul indice de sa fatigue. À moins qu'il n'ait sciemment voulu rester au seuil de cette année à laquelle son nom sera désormais cloué : Michael, 1943-2012. Ses croquis sont impressionnants d'autorité. La *lunette window* est parfaitement distribuée dans le format, en partie haute. Une double ligne verticale, au premier tiers gauche, descend seule dans la moitié basse de la feuille, figurant une sorte de tige. Les axes et les ellipses suivent un tracé qui n'hésite ni ne tremble. Il a fallu passer en force, pourtant. Je voyais Mike, tout à l'heure, presser son corps au plus serré pour exprimer ce trait d'une rectitude idéale et d'un débit constant comme un filet d'huile. Pourquoi mourir quand on dessine aussi bien ? Je me souviens de m'être posé la même question il y a cinq ans au musée de la Vie romantique, à Paris, devant les dernières gravures de Picasso tirées par Piero Crommelynck. Nonagénaire, Picasso traçait au burin ou à la pointe sèche sur cuivre des traits de la finesse et de la longueur d'un cheveu de Jacqueline Roque. Qui connaît l'exigence de ces techniques suit ses traits comme il assisterait à un miracle. Pourquoi s'interrompre à l'acmé d'une telle courbe ? Quand la main renonce, passe encore, mais quand elle veut si visiblement continuer ?

Les branches du tilleul sont aussi tourmentées que la structure de la fenêtre est harmonieuse. Les rameaux fissurent le ciel de leurs ramilles. L'alternance de pression et de relâchement de la pointe du crayon témoigne d'une conduite sans faille, qui n'a renoncé à rien, qu'aucun effort n'a rebuté. Un traitement rigoureux des ombres et des lumières a présidé à tout le dessin. La main n'a cédé ni à la difficulté ni à la facilité. Ce n'est pas un dessin empêtré. Pas un dessin au rabais. Pas un à-peu-près. C'est un dessin.

L'arbre est pathétique mais pas plus que ne le sont tous les arbres nus. Je ne dois pas le voir plus affligé qu'il n'est. Sa branche principale a une torsion vers l'arrière qui me rappelle ce spasme que Mike a eu en regardant mes portraits.

L'esquisse énigmatique de la page de gauche n'est pas un dessin d'observation, comme celui de droite. Mike a parcouru une dernière fois les deux territoires du dessin, celui de l'observation et celui de l'imagination. Dans cet ordre.

La forme est abstraite. Elle tient visiblement compte du premier dessin et occupe le bas de sa feuille, pour équilibrer la composition générale. Les traits appuyés rappellent des flammes et fuient vers la partie supérieure gauche. Leurs volutes se soulignent ou se croisent. Elles apparaissent en surimpression noire sur une sorte de vortex gris, un « c » à l'envers cerné d'un trait léger et prolongé d'une queue. L'ensemble de ce dessin sous-jacent pourrait évoquer un point d'interrogation. Si c'était un rébus, j'y lirais : point d'interrogation en feu.

Les lignes sont entièrement courbes. Ça aussi, c'est bien Mike. Ses bâtiments, ses objets en bois, ses poèmes sont toujours traversés d'ellipses et de cercles.

Je reste penché un moment sur mon carnet comme sur un bol d'inhalation.

Je tourne la page. À moi de faire. Et puis non. Au moment d'attaquer la feuille, je vois ce que l'exercice aurait de scolaire, ce soir. Combien il refroidirait les sensations de l'après-midi. Je ne dois plus dessiner aujourd'hui. J'en ai suffisamment pris pour mon grade. C'est d'apercevoir mon reflet dans la croisée qui me fait renoncer. J'ai l'air d'un pensionnaire collé un lundi soir de vacances en train de faire ses cinq cents lignes dans une école vide.

Pour m'assurer qu'elles sont bien présentes à mon esprit, je passe tout de même en revue les étapes successives du portrait. Je manie le crayon au-dessus de la feuille sans la toucher.

Un, les lunettes.

Deux, le front.

Trois, les oreilles.

Quatre, la base du nez.

Cinq, la bouche.

Six, la ligne des mâchoires et du menton.

Sept, le col roulé.

Huit, la ligne des épaules.

C'est gravé. Une nuit ne me fera pas oublier ça. Je dessinerai demain, dans l'avion. J'aurai neuf heures de vol jusqu'à Amsterdam-Schiphol, je serai en train de m'éloigner de Mike à jamais, ce sera le moment de m'occuper de lui.

V. TROIS JANVIER

J'ai défait les draps, les ai pliés et empilés avec les serviettes usagées, j'ai nettoyé mon bol, bouclé ma valise, fait un dernier tour du propriétaire, quitté la maison de Juliette sous le soleil, traversé à petits pas les trottoirs verglacés, l'avenue, sonné à la porte de Gloria, lui ai rendu les clefs de Terry, l'appareil photo (elle m'enverra les fichiers plus tard), elle a tenu à me faire manger pour que j'attende sans défaillir le lointain plateau-dîner de l'Airbus A333 KLM 6058 de 15 h 10, nous avons conversé dans cette atmosphère de parloir qui précède les séparations, elle est montée plusieurs fois à l'étage et la dernière fois qu'elle en est redescendue, il y a quelques secondes, elle m'a dit :

« Mike t'attend. »

Je grimpe l'escalier et entre dans la chambre. La lumière du soleil irradie. Je m'assois où j'étais hier. Tu attrapes mes avant-bras. Tu as un visage où toutes les émotions se peignent en même temps. Le désespoir, l'amitié, la douleur, le sourire, les larmes. Chacune au paroxysme. Je ne suis pas du tout dans ce paroxysme. Ta première étreinte, il y a trois jours, nous avait rapprochés. Celle-ci me catapulte au loin. Devant tant de souffrance, je ne souffre pas assez. Devant tant d'amour, j'aime trop peu. Je sens une distance incommensurable entre toi et moi. Entre le mourant qui sait et le vivant qui ne sait pas. Il y a trop de lumière derrière ton visage à contre-jour. Nous sommes trop près l'un de l'autre. Il y a trop d'intensité partout, sauf en moi. Je ne te connais pas. Tu ne me connais pas non plus. Tu vois de grandes choses en moi qui n'y sont pas. J'ai honte. Je soutiens mal ton regard, j'ai l'impression de n'avoir qu'un rictus à t'offrir. Je me sens barricadé en moi-même quand je devrais être toutes portes ouvertes. C'est la peur qui fait ça. La peur de l'empoisonnement par la maladie et les traitements dont je vois les ravages à la loupe, comme quand je contemplais Alan dans ses dernières heures. La peur d'être voué à l'empoisonnement. La peur de ce destin d'empoisonneurs empoisonnés que nous nous fabriquons individuellement et collectivement. Une peur vieille comme la sorcière de Blanche-Neige et sa pomme vénéneuse. L'impression de vivre sur cette pomme et de n'avoir pas d'autre choix que d'y mordre.

Ma main n'en peut plus d'attendre des phrases qui

tardent à venir. Elle se pose sur ta joue droite. D'abord, elle monte et descend avec le dos des doigts. Puis elle ramasse quelques larmes et les essuie sur l'oreiller. Elle reprend, côté paume. Tu en fais autant. Tu commences à me flatter le menton de ta main gauche. Toi aussi, tu interceptes des larmes. Je te caresse le crâne. Je repose la main droite sur le matelas et vais récolter de la main gauche les larmes de ta joue opposée. Tu utilises tes deux mains, maintenant, et me peignes les cheveux au-dessus des oreilles.

Ce que tu vis est à mille lieues de ce que je vis. Je serai à Paris demain. Toi, peut-être plus sur terre. Il y a une distance entre Paris et le néant qu'aucun mot ne peut réduire. Impossible de coïncider. Inutile d'essayer. C'est là que les gestes ont leur importance. On ne peut pas mal faire en se caressant les joues. Ça fait du bien, voilà tout. D'autant qu'on mesure nos mouvements, toi et moi. On s'applique. Ces caresses sont surprenantes pour nous deux. On ne s'attendait pas à les faire.

Un crayon est autant d'outils différents qu'il y a d'objets sur terre. C'est un pistolet, un scalpel, une barre à mine, un blaireau pour crème à raser ou une plume d'oiseau-mouche, selon les heures. Mais la vérité, c'est que le crayon ne compte pas. Il n'y a que des mains qui font des gestes. Des mains qui parcourent des surfaces et agissent sur elles.

Quiconque pratique un artisanat constate qu'il acquiert une certaine dextérité, une aptitude à bien sentir les volumes, à bien manipuler, à bien modeler, à bien caresser. Dessiner, ça ne sert pas à faire des dessins, ça sert à être continuellement en train de tout toucher, du plus proche au plus inaccessible. Si ce toucher universel ne nous enseigne pas à palper un épiderme, il est inutile. Le dessin, c'est l'école de la caresse. De la plus légère à la plus rude. Si ce n'est pas l'école de la caresse, c'est une manie. Pas la peine d'y consacrer sa vie. Pas la peine de rester enfermé avec le dessin les jours de beau temps. Pas la peine d'en suspendre au mur des galeries et d'en farcir les livres.

Les caresses nous manquaient depuis trois jours. Il fallait abolir une quarantaine d'années sans se connaître, combler quatre ans où on s'est trop peu vus par quelques minutes dans les bras l'un de l'autre.

Une scientifique américaine s'est donné la peine d'enseigner le langage des signes à une dame gorille prénommée Koko. À la nouvelle de la mort d'un chaton qu'elle aimait comme son fils, Koko a pleuré beaucoup et signé trois mots : *mauvais*, *triste*, *larmes*. Trois mots superflus. Ils étaient déjà inscrits sur le visage de Koko avant qu'elle les mime, ce n'était pas la peine d'insister. À quoi bon formuler ce qu'on incarne si visiblement ? Mais nous tenons absolument à ce que le gorille mette lui-même un point sur son *i*. En parlant, Koko suggère qu'elle est intelligente et sensible à ceux qui croient encore, contre toute évidence, que les singes n'ont ni intelligence ni sensibilité. Ce qu'elle dit ne nous apprend rien. Pourtant, elle cerne bien la question : *mauvais*, *triste*, *larmes*, on ne fait pas plus complet.

Si j'ouvrais la bouche, je ne trouverais pas mieux à dire que *mauvais*, *triste*, *larmes*. Je dois rester cent pour cent gorille. Le gorille est supérieur à l'homme dans l'étreinte, chantait Brassens. Il l'est surtout dans la caresse puisqu'il a quatre mains.

Tu écris dans *Draw* : « Gloria et moi sommes allés rendre visite aux gorilles des montagnes dans le parc national des Volcans, à l'ouest du Rwanda. (...) Nous sommes arrivés au QG du parc et avons été répartis en groupes de six visiteurs avec deux guides-pisteurs et deux soldats en armes pour protéger les gorilles des braconniers. On a emprunté un sentier pour randonner dans le parc à la recherche du groupe 13, de vingt-cinq individus, sous l'égide d'un dos argenté. Nous avons marché en file indienne, des gardes devant et derrière, à travers des champs de pommes de terre, vu un complexe aux toits de chaume avec le grand habitat seigneurial circulaire entouré de plus petits réservés traditionnellement aux épouses, le tout entouré d'une clôture à deux entrées, laissé derrière nous des granges structurées par des perches maçonnées avec de l'argile, de la boue et des brindilles. Nous avons aussi longé des murs de pierre et des bosquets de bambous sur le chemin des volcans et des confins de brumes.

Nous sommes finalement passés des champs de patates à la jungle via un muret et un pont de rondins enjambant un ruisseau. Là, nos deux guides se sont mis à communiquer avec un pisteur qui était devant nous, contrôlant la localisation du groupe 13. Nous pouvions déjà entendre la voix de ce pisteur qui "parlait" aux gorilles. Notre guide a dirigé notre petite troupe vers eux à travers l'épais sous-bois, les bambous, sous la haute voûte des arbres. Après environ une demi-heure de marche, ils étaient là. Le dos argenté a rapidement évalué que nous n'étions pas une menace et nous avons eu une heure en leur présence, regardant les enfants et les adolescents jouer et se houspiller, manger des bambous et se reposer. Une rencontre très profonde. Face à face, les yeux dans les yeux, la parenté entre nos deux espèces est indéniable et incroyablement émouvante. Nos soixante minutes écoulées, le dos argenté s'est levé, a arraché quelques bambous et dévalé une pente raide. En trente secondes, le groupe entier s'est évaporé dans la végétation. »

Les caresses ralentissent. On s'immobilise. Tu fais oui de la tête. Je me relève. J'envoie encore des baisers en reculant vers la porte. Quand je l'atteins, tu dis :

« On se voit à Santa Fe. »

J'acquiesce. Et comme je ne sais pas rester gorille jusqu'au bout, j'ajoute en bredouillant :

« Je ne ferai jamais un dessin sans toi. »

*

Je suis dans l'avion. Les conditions que j'imaginais pour dessiner tranquille ne sont pas au rendez-vous. Je me voyais comme à l'aller, seul éveillé sous une loupiote, avec la paix du moine copiste dans la chartreuse endormie. J'avais oublié qu'à seize heures personne ne dort. Surtout pas mon voisin. Nous sommes en tête de rang, c'est bien pour allonger les jambes. Pas de sièges devant nous, juste un strapontin sur la cloison qui nous fait face. Une hôtesse s'y assoit pendant le décollage. Sitôt assise, sitôt draguée. Mon voisin lui envoie des gaudrioles qui s'enfoncent comme les couteaux d'un numéro de cirque au plus près de leur cible. Elle ne s'en offusque pas et lui répond avec l'aisance de celle qui en a entendu d'autres. Le fait est que ce butor est drôle. Un artiste du sans-gêne. De dérapage en dérapage, il se propulse rapidement à un niveau de talent auquel les gens de goût n'atteignent jamais. Après dix blagues épouvantables qui donnent envie de sauter par le hublot, il surenchérit d'une onzième, monument d'absurde qu'on est bien obligé d'applaudir. Je l'entends dire qu'il est texan. Son accent m'autorise à perdre d'ouïe ce qu'il dit si je ne me concentre pas dessus.

J'ai déployé une tablette articulée sortie de mon accoudoir et ouvert le carnet japonais. Je dessine.

Un, les lunettes.

Deux, le front.

Trois, les oreilles.

Quatre, la base du nez.

Cinq, la bouche.

Six, la ligne des mâchoires et du menton.

Les couillonnades de cet homme ont ceci de bien qu'elles neutralisent mes émotions. J'exécute mon programme et n'oublie aucune étape.

Sept, le col roulé.

Huit, la ligne des épaules.

Quand j'ai placé le bâti, j'attaque à la Seurat, uniquement avec des gris. Je prends mon temps. Je vais au-delà de ce que j'ai fait hier, sans rien ajouter mais en affinant le contre-jour.

Au moment où je termine et referme le carnet, je sens qu'un grand râteau de croupier m'emporte et laisse Mike, là-bas, rapetisser sur le tapis. Les distances que la poussée des réacteurs de l'avion creuse entre celui qui part et celui qui reste n'ont pas l'échelle humaine. Les gens qu'on aime deviennent en quelques secondes moins que des acariens. Ils disparaissent. À chaque fois, la pensée me traverse que je ne vais jamais les retrouver. Et là, c'est vrai.

Je m'étais juré de ne pas pleurer devant Gloria. En redescendant de la chambre de Mike, tout à l'heure, je me suis désobéi. Ça ne nous a pas fait de mal. Il y avait quelque chose de contre nature à attendre quarante-cinq minutes le passage de John sans remonter à l'étage. Finalement, John est arrivé avec la ponctualité du toubib d'urgence. Il m'a enlevé. À l'aéroport, trois imposantes femmes flics l'ont arrêté à sa descente de voiture. Elles l'avaient reconnu et lui ont demandé un conseil médical, une sorte de consultation express pour le fils de l'une d'elles.

Le strapontin de l'hôtesse est vide, maintenant. Mon Texan, faute de grives, se rabat sur moi. Il me raconte sa vie de cuisinier spécialisé dans la gastronomie française à la mode de Vegas. Quand il n'est pas derrière ses fourneaux du Nevada, il fait le chef volant aux quatre coins du monde pour une jet-set dont la nullité le laisserait presque à court de jurons. Au moment où il se penche pour une énième confidence, les yeux dans les yeux, son visage se tord dans un rictus de haine, une grimace à la Sergio Leone où on voit la gencive sous la rangée de dents du bas, et il me crache au visage : « FILS DE PUTE ! » Je mets quelques secondes à encaisser, et surtout à comprendre cet assaut : c'est qu'il vient de se coincer l'index dans sa tablette pliante et n'arrive plus à le ressortir. L'hôtesse de quart le secourt et le soigne, très professionnelle, pendant qu'il l'accable d'un flot de cochonneries.

Plus tard, je raconterai cette anecdote à mon ami Seth, distingué professeur de littérature française du XIXe siècle à Oxford, qui de ce jour ne m'appellera plus que « Son of a bitch ».

VI. SEPT JANVIER

J'ouvre au réveil un mail de Gloria posté à deux heures du matin, heure française, adressé à Juliette et à moi.

« Mes chers amis,

Michael nous a quittés cet après-midi. Le soleil brillait, Andrea avait été à ses côtés pendant quarante-cinq minutes et j'étais rentrée d'une marche, nous étions donc seuls lui et moi. L'hospice nous avait envoyé ce matin quelqu'un pour lui jouer du piano à qui j'avais donné une partition de Bach, un extrait du *Clavier bien tempéré*, qui m'a fait beaucoup de bien et à lui aussi, j'espère. »

VII. SANTA FE

Quatre ans passent.

En avril 2016, je fais en famille le voyage de Santa Fe, fomenté de longue date avec Gloria. Il est entendu que je pratiquerai la lithographie chez Landfall Press, comme Mike le voulait.

Entre-temps, le monde ne s'est pas simplifié. Les procédures d'admission sur le sol américain nous font rater deux avions consécutifs. On finit tout de même par atterrir à Albuquerque. Gloria nous accueille. Nous restons une grosse semaine au Nouveau-Mexique. À part deux excursions au Gorge Bridge de Taos et aux sources d'eau chaude d'Ojo Caliente, je passe l'essentiel de mes heures à discuter avec Gloria ou dans l'atelier de Mike. Dehors, c'est le printemps au désert, avec son air si sec que les lointains sont nets comme des avant-plans. Il déshydrate les yeux et les enfonce dans les orbites, en même temps qu'il cure les trous de nez jusqu'au sang. Les arroyos sont vides autour de la maison et on peut se balader dans leurs lits devenus des chemins.

Dès mon arrivée, Jack Lemon et son associé Steve viennent me déposer de quoi travailler mes lithos. Calques, rhodoïds, craies, crayons et encre lithographiques s'ajoutent au matériel apporté de Paris. Je fais cinq ou six images dont trois seront tirées ; une vue générale de l'atelier, un aperçu du jardin depuis la baie vitrée, le détail d'un grand évier avec ses produits d'entretien. Cet évier me tape dans l'œil. Avoir une bonne cuve bien large et profonde pour asperger les gravures, les peintures, les outils, quel régal. C'est l'oasis du lieu. Le reste est aride. Mike n'est vraiment pas là. Il se confirme qu'il est mort. Je passe de longs moments, pas complètement abattu mais perdu dans cette pièce déserte à regarder le désert du dehors. Gloria n'a touché à rien depuis quatre ans, elle n'est entrée que pour un peu de ménage. Elle ne peut pas se tenir ici. Moi, je peine. Pourtant, je veux rester claquemuré. C'est un pari. Mike m'a vanté les paysages du coin, je serais peut-être mieux inspiré de le chercher partout ailleurs qu'entre ces murs mais je me dis : il a conçu ce lieu pour son bien-être, je dois m'y sentir à l'aise. Il faut y arriver. Au début, j'ose à peine bouger une chaise. La désaffection commence à vieillir prématurément l'endroit. La grippe s'est mise dans les poignées des fenêtres. Ni moi ni Gloria n'arrivons à faire fonctionner la chaîne stéréo. Les deux premières journées se passent entièrement dans le silence. Elles sont plus qu'austères, sépulcrales. Paradoxalement, c'est la lumière qui m'assombrit le plus. Je la regarde couler et je n'arrive pas à me réjouir de sa beauté, pourtant de premier choix. Elle se perd, comme si les robinets de l'évier, restés ouverts à fond, s'épanchaient jour et nuit dans le vide.

Pour aller au-devant des idées, je dessine beaucoup. Je fais des excursions dans l'étroit jardin de buissons, d'arbustes et de plantes grasses où furètent des lézards gris. Je croque un peu là aussi, dans un carnet. Je prélève des débris de végétation avec lesquels je peins. Rien de fameux. Mon malaise est à peu près constant.

Gloria m'a prêté la clef de l'atelier pour que j'aille et vienne à ma guise, une clef de marque Andersen. Ce nom gravé dessus lui donne un côté talisman. Je fais chaque matin les cinq pas qui séparent la maison de l'atelier et j'y entre en espérant que la Reine des neiges et la Sorcière des mers en sont sorties. Je suis accueilli par un escalier dont la pente suit le fort dénivelé du terrain. À droite, un premier espace de travail en mezzanine que Mike avait conçu pour Gloria. En bas des marches, l'atelier proprement dit. À gauche, des toilettes, une douche, le fameux évier. Devant moi, les baies principales. Elles regardent vers le jardin et une lointaine chaîne de montagnes rapprochée par la transparence de l'air. Derrière moi, au fond, sous des puits de lumière, des bibliothèques avec des livres, des disques, des archives. Beaucoup de bois partout. Toutes les tables et chaises sont montées sur roulettes pour pouvoir dégager des périmètres modulables. Un nuancier d'aquarelle fait main est punaisé au mur, entre des dessins et des photographies. La structure du bâtiment ménage une belle hauteur sous plafond à sa proue.

L'apparence extérieure de l'atelier et de la maison ne les distingue pas des villas alentour. Les chartes de construction de la ville prescrivent qu'on imite avec des matériaux modernes les formes simples et les couleurs terreuses des architectures indigènes en pisé.

Chris, la femme de Steve, passe au matin du troisième jour et ranime la chaîne stéréo. Beau cadeau qu'elle me fait. On met tout de suite Miles Davis, *Birth of the cool*. Les notes de *Move*, le pétulant premier morceau enregistré en 1949, bondissent dans la pièce. La musique n'est pas ankylosée de s'être tue quatre ans auparavant. Son flux circule du sol au plafond, échauffé par la batterie de Max Roach. Je pioche dans les CD. De nouveau résonnent Fauré – la *Sonate pour violon et piano* en *la* majeur opus 13, incroyablement présente, les deux instruments sont dans la pièce –, Ravel, Poulenc, Lili Boulanger. Une compilation de Jimmy Cliff, *Reggae Greats*. Du Debussy en veux-tu en voilà : la mélopée à la flûte de *Syrinx*, la *Suite berga-*

masque, les *Arabesques*, le *Prélude à l'après-midi d'un faune*. La *Symphonie n° 9* de Schubert dans une vénérable version de Bruno Walter. Un peu d'opéra avec *L'Elisir d'amore* de Donizetti et sa *Furtiva lagrima*, qui donne envie de pousser le volume. Natalie Cole dans *Smile*.

La disposition des enceintes haut perchées est efficace. J'ignore si Mike a eu recours aux conseils d'un acousticien ou s'il avait aussi ce savoir-là. Il a fait de la pièce, en tout cas, un bel utérus sonore. Une devinette dit : douze hommes essaient de soulever à mains nues un tronc d'arbre couché. Ils n'y parviennent pas. Le douzième homme monte sur le tronc. Alors, seulement, les onze autres arrivent à le porter. Que fait-il pour leur en donner la force ? Il joue de la musique.

La musique soulève l'atelier. Je m'octroie des pauses dans mes dessins. Pas des pauses pour regarder dehors, l'œil torve, comme les premiers jours. Des pauses pour fureter. J'ouvre des bouquins et prends mes aises sur les fauteuils et les tables. Le premier est une monographie consacrée à Winslow Homer, « peintre et pêcheur à la ligne ». J'apprends qu'Homer, natif de Boston, a débuté comme lithographe, qu'il a peint en forêt de Fontainebleau et qu'il pêchait la truite. On ne sort pas de la famille. Je connaissais certaines de ses aquarelles, j'en découvre d'autres, imparables. Mike a dû boire ce livre comme du petit-lait. Tout comme cet autre livre sur l'architecte, créateur de mobilier et aquarelliste

Charles Rennie Mackintosh, puissant et délicat Écossais, mort à soixante ans en 1928, qui a conçu des chaises et des tables de grand style. D'autres volumes s'appellent *Géométrie sacrée* ou *Cinq leçons de Ben Hogan, les fondamentaux modernes du golf, avec des dessins d'Anthony Ravielli*, un manuel de 1957. Une monographie sur Giotto, une autre sur le designer Ettore Sottsass, aux paupières lourdes, aux céramiques phalloïdes et au nom obsédant, une troisième sur Turner. Un catalogue détaillant la Robie House de Frank Lloyd Wright à Chicago. Mike greffait volontiers quelques vitraux géométriques à ses fenêtres (il y en a ici, au-dessus de la porte de la maison), je comprends d'où ça vient. À vrai dire, je retrouve dans chaque livre une ou plusieurs idées et pratiques que Mike a reprises à son compte. C'est comme si les dos portaient la mention : Mike Homer, Mike Mackintosh, Mike Giotto, Mike Turner… et que j'écoutais du Mike Davis.

Presque tout ce monde est mort. Pour écouter ces musiciens et interprètes morts, regarder ces œuvres de peintres et d'architectes morts, chez un mort, dans un atelier mort, il suffit du bref passage d'un type temporairement vivant. Le cabinet d'amateur vide d'un gentilhomme défunt, si quelqu'un y entre et veut bien y farfouiller avec curiosité, est instantanément bondé de gens de qualité de tous les temps qui, d'avoir été réunis par un même hôte, attrapent un air de famille. Il redevient un *living-room*, une pièce à vivre. Et ça se remet à causer, à chanter, à peindre, à bâtir, à voyager comme si ça ne s'arrêtait jamais.

Georgia O'Keeffe, dont j'ai déjà parlé, est bien représentée à tous les étages ; c'est qu'elle est ici chez elle. Non qu'elle soit née au Nouveau-Mexique, elle vient du Wisconsin, comme Gloria et Mike. Avant eux, elle a pris la route du désert et planté son chevalet dans ce pays dès 1929, parmi les crânes de vaches mortes de soif et les collines où ne demeure que le sillon des cascades évaporées. Son mari, le photographe Alfred Stieglitz, l'a photographiée sous toutes les coutures, jeune avec une tête de garçon à gros sourcils sur un corps nu aussi franc et peu apprêté que son regard, puis vieillissante jusqu'à ce qu'il meure quand il avait quatre-vingt-deux ans et elle cinquante-huit. Elle lui a survécu quarante ans. Il l'a fait rudement déprimer parce qu'il la trompait mais, pour le reste, elle avait l'air d'une femme en peau de cuir. À la fin, quand d'autres la photographiaient sur fond de désert, près de sa maison d'Abiquiú, elle donne l'impression d'avoir poussé, vécu dix siècles et séché là. Sa peinture est hardie et variée, elle a essayé beaucoup de choses, pas tant en termes de touche (on voit à peine les coups de brosse sur ses toiles) que dans ses recherches constantes de synthèse. Ses collines des environs et ses arbres carbonisés sont très raffinés. Quelque chose de mystique, d'émotif et de romanesque continue à émaner de ses tableaux.

Le musée qui lui est dédié, à Santa Fe, est en travaux quand on s'y présente. Seules deux petites salles restent visibles avec ses fleurs monumentales en dédommagement. Un film bien fichu est projeté qu'on regarde deux fois. Une femme guide nous mène dans une bibliothèque attenante où sont conservés des esquisses, des aquarelles, des objets (une des cannes noueuses me rappelle celle d'Alan, avec laquelle il menaçait les chasseurs qui traversaient son jardin en saccageant ses parterres de millepertuis). Quand elle a perdu la vue, O'Keeffe a fait de la poterie. Comme quelques femmes de grand caractère qui vivent très vieilles, elle a pu compter à la fin de sa vie sur le complet dévouement d'un jeune homme-vestale.

Elle était très amie du photographe Ansel Adams. Didier Lefèvre m'a fait connaître les vastes images de nature d'Adams, en noir et blanc. En faisant notre virée à Ojo Caliente (nous y avons fait trempette dans les sources d'eau ferrugineuse, à l'endroit où l'Apache Chiricahua Geronimo a été arrêté le 21 avril 1877), je retrouve au bord des routes quelques grands peupliers « cottonwood » dont Adams photographiait l'élan vers le ciel.

Le matériel de Mike éparpillé sur les tables est cosmopolite. On dirait ces étiquettes que les voyageurs d'antan collaient sur leurs valises pour témoigner de leurs villégiatures : couleurs Sennelier achetées à Paris, bloc de papier et fixatif italiens, aquarelles anglaises, carnets rapportés des quatre coins de la planète. Sur une étagère, je reconnais la bouteille vide de saint-julien (un Château Léoville Poyferré de 1982) qui est en avant-plan du croquis fait chez Jean Castex à Versailles. J'en respire le goulot mais, comme il est sans bouchon, le parfum s'est dissipé. À Cognac, chez mon père, on appelle l'alcool évaporé *la part des anges*. Les rouleaux de scotch sont en suspens au bord dentelé de leur dévidoir, à l'endroit où Mike en a prélevé le dernier morceau. Je tire dessus comme pour remettre des pendules à l'heure. Des petites meringues de gouache se sont pétrifiées sur les palettes. Je les humecte et les travaille au pinceau, elles revivent. J'en étale les couleurs sur des feuilles Fabriano. Ça, c'est vraiment de l'Andersen : le moment où la gouache changée en pierre redevient crémeuse et luisante. On dirait ce conte appelé *Le rossignol*, quand le chant de l'oiseau congédie la mort et ressuscite l'empereur.

Gloria m'a dit dès l'arrivée : fais ce que bon te semble. Je fais ce que bon me semble.

Les deux derniers jours de présence dans l'atelier sont fertiles. J'ai comme toujours l'impression que c'est au moment de partir que j'atteins une vitesse de croisière. Je suis relativement content du parti graphique que j'ai tiré de l'évier, avec la courbe de son flexible de douche. J'ai envie de voir ce qu'il donnera au tirage. Le jardin vu de la baie m'a paru faiblard pendant que je le faisais, il n'est finalement pas si mal. La lumière y est. C'est la litho la plus économe : juste un noir appliqué à la pipette.

*

Steve est venu prendre mes calques à mesure que je les terminais pour pouvoir les insoler et fabriquer ses matrices d'impression. La veille de mon départ, je passe une journée entière à la Landfall Press. On procède au tirage.

Vue du dehors, l'imprimerie n'a aucun cachet. Elle occupe une partie d'un entrepôt anonyme d'une zone industrielle à la sortie de Santa Fe, comme l'Amérique en a exporté dans le monde entier : un cube entouré d'autres cubes et de parkings. À l'intérieur, c'est autre chose. Le lieu est vaste, clair et pratique. Jack avait confié son agencement à Mike. Une fois déterminé et installé chaque espace, Jack a décoré l'ensemble des Americana dont il raffole : colts, ceinturons, Stetsons, bottes, tapis de selles, crânes de bêtes à cornes et, régnant sur ce Clignancourt du Far West, la figure omniprésente de John Wayne. D'immenses affiches originales, certaines en litho, une PLV grandeur nature (le Duke tapait son mètre quatre-vingt-treize sans chapeau) et divers objets du culte montent la garde.

Jack est trapu, moustachu, républicain et tatoué. Un petit gabarit qui impressionne, comme Alan pouvait impressionner. Ancien Marine, il s'est formé en 1966 à la lithographie dans un des tout meilleurs ateliers au monde, le Tamarind Lithography Workshop à Los Angeles, fondé par une artiste remarquable du nom – ça ne s'invente pas – de June Wayne (rien à voir avec John Wayne qui, d'ailleurs, s'appelait de son vrai nom Marion Robert Morrison). La réputation de Tamarind déclenche une moue d'admiration chez mes copains de l'imprimerie Idem. Il est agréable de noter que Jack et Steve font la même moue quand il est question de l'imprimerie Mourlot, dont Idem est la relève. Je ne sais pas ce qu'est l'amitié entre les peuples mais l'admiration réciproque entre individus de différents pays, si elle pouvait s'étendre, ne ferait pas de mal aux relations internationales.

En 1970, Jack installe sa Landfall Press à Chicago. Le maître-imprimeur est à l'orée d'une cinquantaine d'années de lithos et de plus de trois mille éditions. Célèbres, moins célèbres, inconnus, les artistes avec lesquels il collabore ont pour seul point commun d'intéresser Jack. Cet homme apparemment d'une pièce est d'un éclectisme remarquable dès qu'il s'agit de création. Il écrit : « Landfall Press a survécu par ma profonde implication personnelle et mes habitudes maniaques de travail. Les artistes avec lesquels je collabore sont aussi obsessionnels que je le suis et cette intensité se retrouve dans leurs dessins. Mon implication est telle que je ne pourrais pas m'arrêter de travailler, même si je le voulais, parce que les artistes ont besoin d'imprimeurs qui ne soient pas uniquement doués techniquement et compétents dans la résolution des problèmes mais aussi qui les comprennent. Dans la collaboration, l'artiste ne s'appuie pas uniquement sur l'imprimeur pour des conseils techniques, il le sollicite sur des jugements essentiels. Les artistes veulent une contribution honnête ; ils ont besoin d'aide, d'encouragements et d'avis. Communiquer avec les artistes est une chose que je sais faire. »

Il a raison. Je me suis toujours senti conforté et honoré par une bonne relation avec un maître ou un ouvrier lithographe. On a besoin les uns des autres d'une manière non protocolaire, profonde, sincère, à inventer à chaque fois. Les conducteurs de machine sont souvent des gens de tempérament. La matrice lithographique originelle, sur laquelle on dessine et peint, est une pierre calcaire à grain très fin. Le support déteint sur l'ouvrier. Jack, Christian dit « Papa » et Erwan, son successeur, avec lesquels j'ai travaillé et continue de travailler chez Idem, sont un composé d'hypersensibilité et de formules lapidaires.

À l'âge où les articulations préfèrent la chaleur à la froidure, Jack quitte Chicago et dévale le grand toboggan américain jusqu'à Santa Fe. Il ne ralentit pas son activité. Un partenariat avec le musée d'art de Milwaukee (encore le Wisconsin) lui garantit une conservation de l'intégralité de son fonds. Le patrimoine de la Landfall Press est devenu une page d'histoire de l'estampe mondiale. Des accords avec des universités lui fournissent des étudiants stagiaires qui viennent acquérir les bases de l'impression lithographique. Le savoir se transmet, l'affaire tourne comme les cabestans d'une presse à main : à la volonté, à l'huile de coude, mais bien.

Steve (Jack est président de l'imprimerie, Steve, directeur) est un costaud à casquette et treillis, un visage juvénile sous une barbe blanche de Père Noël et des tatouages à la Popeye, lui aussi. Si je restais longtemps, il m'emmènerait bivouaquer à l'indienne dans les monts environnants, une de ses activités favorites. Il a ce côté serviable et renseigné dont Jack vient de parler. Sous couvert de m'assister, il me guide efficacement. On passe la journée seuls, Jack et Chris ne sont pas là.

J'ai la surprise d'être accueilli par une Marinoni-Voirin, une vieille presse française à cylindre des années vingt, du type de celles qui fonctionnent encore chez Idem et me sont familières. Ma surprise grandit quand j'apprends que cette machine vient précisément de chez Mourlot, prédécesseur d'Idem rue du Montparnasse. Les vieux objets sont des animaux de compagnie. On les caresse, on leur parle, on veut les garder avec soi. L'histoire de la Marinoni-

Voirin vaut d'être racontée : Fernand Mourlot, lithographe de Matisse, Picasso, Braque, Giacometti, Miró, Dalí et tant d'autres, constate après guerre, comme tout le monde, le basculement définitif du marché de l'art de l'ancienne place forte de Paris à celle de New York. Pragmatique, il envoie son fils en 1967 ouvrir une succursale de l'imprimerie à Bank Street, Manhattan, avec quelques ouvriers et la Marinoni-Voirin. L'imprimerie périclite (les places sont chères sur Bank Street), elle devient une simple galerie. Deux des ouvriers français décident de rester aux États-Unis et de tenter leur chance à Las Vegas. Ils emportent la Marinoni-Voirin au pays des machines à sous mais pas pour la faire fonctionner. Elle se contente, bien briquée, d'aguicher le client en vitrine. C'est là que Jack l'aperçoit et s'éprend d'elle. Il entre dans la boutique et lâche, avec son laconisme à la John Wayne : « Si un jour vous vous débarrassez de la vieille presse, je l'achète. » Il poireaute quelques années, comme il sied aux feuilletons sentimentaux. Elle finit par débarquer, en pièces détachées, à Santa Fe. Pas de manuel de montage pour une machine française de la IIIe République, il faut se débrouiller avec les organes épars de ce monstre d'horlogerie. Quelle volupté, ensuite, de faire fonctionner une presse qu'on s'est donné la sensation de réinventer. Si vous allez sur le site internet de Landfall Press, vous la verrez rouler, Jack passant la feuille et Steve tartinant les rouleaux.

Steve tire mes dessins sur presse à bras. Ce n'est pas un tirage qu'ils commercialiseront, il m'imprime juste quatre images de chaque, une pour eux, trois pour moi. On sélectionne les couleurs ensemble (essentiellement des gris, en plus du noir). Il prépare ses mélanges à la spatule et me fabrique des petits échantillons sur papier qui font monter l'eau à la bouche. Il refroidit un peu celui-ci avec un chouïa d'outremer, réchauffe un peu celui-là avec une pointe d'ocre jaune. Les couleurs et les liants du chromiste ont une consistance entre la glace à l'italienne et le marshmallow, ses gestes tiennent du maçon et du pâtissier. Son appréciation d'une nuance colorée est l'équivalent de celle d'un musicien à l'oreille absolue à qui on demande d'analyser un accord complexe ; une sorte d'infaillibilité.

Pendant qu'il s'active toute la journée, il me donne de quoi m'occuper. Pour Jack, je croque un John Wayne au crayon litho sur une plaque en zinc. Pour Steve et Chris, je fais quelques dessins au toner, cette encre noire poudreuse destinée aux photocopieurs dont il me montre l'usage. Les planches sortent, une à une. La vue de l'atelier, d'abord, trois couleurs, avant la pause-sandwich. L'évier, ensuite, dans le courant de l'après-midi, deux couleurs. La vue du jardin, enfin, juste un noir, quand le noir tombe aussi au-dehors. Steve me fabrique un emballage avec deux morceaux de carton scotchés, y range soigneusement les feuilles sous intercalaires. J'ai été ravi, tout au long de la journée, du soin sourcilleux qu'il met à chacun de ses gestes.

VIII. RITUELS

7 juin 2017 au matin. Gloria passe par Paris en provenance de Rome pour un travail de Poucet qu'elle s'est fixé. À Rome, au préalable en Amérique et en Slovénie, elle s'est acquittée d'une partie de sa tâche. À Paris, elle vient la conclure. Le rendez-vous avec elle et Juliette est au square Paul-Langevin, au croisement des rues Monge et des Écoles, dans le Ve arrondissement. J'arrive le premier. Il fait beau. Je m'assois sur un banc non loin de la statue de François Villon et dessine un gars sur un autre banc, penché sur son téléphone portable, une cannette de bière posée à ses pieds. Un employé municipal nettoie les allées avec un aspirateur-souffleur à tuyau flexible qui fait beaucoup de boucan.

Gloria et Juliette arrivent depuis le bas de la rue des Bernardins. La prof de lettres et de langues diplômée en littérature comparée et la dentiste, chef de mission de Médecins sans frontières, traversent la rue des

Écoles. Je les regarde approcher. Elles m'aimantent l'œil (c'était justement le rayon du physicien Langevin, le magnétisme). Les élèves de Gloria, les patients, les équipes médicales et les étudiants de Juliette, toutes ces vies qu'elles ont édifiées, orientées, soignées, sauvées, si ce monde-là les suivait, le cortège remplirait la rue Monge d'ici à la place Maubert. Les automobilistes et les piétons seraient obligés de s'arrêter. Et chacun d'entonner le *Gloria* de Vivaldi ou de klaxonner le *Roméo et Juliette* de Prokofiev.

L'aspirateur-souffleur à tuyau flexible se tait et l'homme à la cannette de bière s'en va.

Où accomplit-on notre rituel ? Je demande à Gloria de me désigner la fenêtre de leur chambre, en 1968. Elle pointe du doigt la façade de l'hôtel Henri-IV, devenu une luxueuse résidence, à l'époque une modeste pension accueillante aux étudiants. C'était vers là, en hauteur. Il faut rester dans cette orbite. Il faut aussi demeurer près de Villon. « Frères humains qui après nous vivez », c'est de circonstance. On balaie tous les trois le jardin du regard. Un cornouiller attire notre œil. Il allonge ses branches à l'horizontale et ses feuilles lumineuses ressortent bien sur la muraille sombre des anciens bâtiments de l'École polytechnique. La plate-bande à son pied est fournie. Ce sera là.

Gloria a préparé trois petites poches pour que chacun ait la sienne. Nous commençons à disperser les cendres à la racine des plantes en tournant autour de l'arbre. J'ai déjà vécu cette situation avec une jeune amie dont nous avions répandu la poudre dans un cours d'eau, sur un littoral, il y a douze ans. J'ai beau connaître le procédé de la combustion, avoir ramassé dans la cheminée, au matin, la poussière de ce qui était encore la veille au soir une solide bûche de hêtre, il m'est impossible d'identifier quelqu'un à de la poudre. Changer un homme en poudre est une prestidigitation trop abstraite pour ma raison. Pas pour mes sentiments. Pendant que ma raison se tait devant la poudre d'homme, mes sentiments lui parlent. Mes sentiments sont prêts à parler passionnément à n'importe quelle forme pour peu qu'elle leur évoque quelqu'un. Ils se préoccupent de chaque grain de poudre. Chaque grain de poudre est Mike. Il y a autant de Mike que de grains de poudre. Mes sentiments s'inquiètent de verser la poudre sous cette fougère-là plutôt que sous celle-ci. Ils s'inquiètent de la répartir équitablement sur le périmètre qu'ils ont choisi. Ils s'inquiètent du retour de l'aspirateur-souffleur à tuyau flexible. Ils s'inquiètent du vent. Ils voudraient de la pluie, tout de suite, pour que la poudre se confonde à la terre et n'ait le temps de subir aucun outrage. Quand je prends la poudre dans ma main, mes sentiments aussi se taisent et me laissent œuvrer un moment sans rien éprouver du tout, à part la douceur de ce sel. Je lève le nez et vois Gloria en face de moi, de l'autre côté de la plate-bande. Elle a en juin une tête de décembre. Il y a plus de cinq ans que Mike est mort et Gloria, dans l'intervalle, n'a pas vu beaucoup de lumière. Sur sa carte de vœux de 2015, elle m'avait écrit : « C'est un moment difficile de l'année, pour moi. Je ne suis pas aidée par les jours courts et nuageux mais l'autre matin, au réveil, je regardais l'arbre par la fenêtre en hémicycle, notant que le versant oriental des branches était rouge, et j'ai réalisé une fois de plus combien j'ai eu de chance d'avoir Michael pour m'apprendre à contempler le lever de soleil sur le côté lumineux d'une branche. »

La postérité des gens leur ressemble. Celle de Mike n'est entachée que de la tristesse de sa disparition. Alan est parti dans un désert de questions irrésolues. Il m'est difficile de penser à lui sans m'y perdre, encore aujourd'hui, vingt ans après sa mort. Les amis qu'on voit brûler longtemps avant l'heure du crématorium ne laissent pas en disparaissant qu'un talc blanc au bout des doigts. Ils laissent aussi des traînées de suie qui assombrissent leur souvenir. Mike était tellement tourné vers la captation et la restitution de la beauté, il avait un caractère si accueillant à la chance et réticent au malheur que sa maladie, son agonie et son deuil ne sont porteurs que du chagrin de sa mort, pas du chagrin de sa vie. Si je regarde vers la façade de la rue des Bernardins, je vois à la fenêtre de la pension un garçon que je peux rapporter sans effort à l'homme que j'ai connu. S'il me rend mon regard, s'il nous voit disperser ses cendres dans le square, il peut constater que l'intervalle de temps qui le sépare de cette cérémonie n'est occupé qu'à vivre sa vocation.

Ça n'a pas été une expérience débilitante d'aller lui dire adieu à Minneapolis du 31 décembre 2011 au 3 janvier 2012. Ça n'a pas été une expérience morbide de m'enfermer dans son atelier à Santa Fe du 19 au 28 avril 2016. Ça n'est pas une expérience oiseuse de saupoudrer ses restes sur un coin de terre parisienne le 7 juin 2017. Il n'est jamais accablant de penser à lui. Débilitant, morbide, oiseux, accablant, c'est un vocabulaire qui ne colle pas du tout avec Mike. Certaines personnes fabriquent au cours de leur vie le patrimoine immatériel et matériel qui nous aide à supporter leur absence.

Une femme assise sur un banc avec un grand cahier en main, derrière moi, se lève et s'approche. Dans cette rue des Écoles, elle pourrait être un professeur qui corrige des copies ou un écrivain qui relit son manuscrit. Sur un ton dénué de toute inquisition, elle demande : « Qu'est-ce que vous faites ? » Je le lui dis. Elle se recueille avec nous.

*

Je vais de temps en temps peindre, à la campagne, dans l'atelier qui menace ruine d'une maison inhabitée depuis soixante ans. Je m'introduis dans le jardin par un bois confondu avec lui. Il n'a pas encore complètement avalé la clôture en fil de fer barbelé. Je l'enjambe moyennant une acrobatie sur un arbre pour ne pas y laisser le fond de mon pantalon. Je porte des bottes montantes jusqu'en haut des mollets, un imperméable épais à capuche, des gants, un sac à dos où est mon matériel et un siège pliant en bandoulière. Un bâton me taille un couloir dans les ronces.

L'atelier rappelle encore ce qu'il a été mais sa ruine s'accélère. Je me demande à chaque fois si je vais le retrouver debout. Il se compose de deux pièces, une moyenne et une grande. Certaines vitres latérales sont brisées, celles de la verrière percées par des lianes. Elles cascadent jusqu'au plancher dont les lattes sont jonchées de feuilles mortes. La végétation pèse sur les vitres encore intactes où la bave des escargots dessine des labyrinthes. Des écureuils se poursuivent sur le toit. Emballages de vernis et de térébenthine, lambeaux de journaux des années cinquante et de rideaux de lin se désagrègent sur le sol. À gauche de l'entrée se tiennent deux poêles Godin qui dressent leurs tuyaux noirs, dont l'un est sectionné. Devant eux, un seau, sa pelle et quelques boulets de charbon. À droite, un paravent de guingois replié et crevé. Une échelle couchée, dont des barreaux sont rompus, devait servir pour les grands formats. Des châssis sans toile reposent contre un radiateur rouillé, un cadre vide est couché par terre. Un chevalet mural à crémaillère est fixé dans chaque pièce. Le peintre a laissé des inscriptions de sa main sur les murs et des clous fichés dedans. La peinture des cloisons, du lie-de-vin, du blanc, du mastic, différents gris, est attaquée par le salpêtre et les champignons. Elle se pulvérise. Je la mouille au pinceau et je peins l'atelier sur mes carnets avec la peinture de ses murs. En séchant, le lie-de-vin devient sépia. J'utilise aussi les charbons du seau et la terre argileuse du sous-bois. C'est amusant de faire le portrait d'un endroit avec les matériaux et les outils improvisés qu'il fournit.

J'ai toujours les jetons quand j'entre dans l'atelier. Peur de déranger un animal ou quelqu'un. Il y a du passage, ici, de loin en loin. Je ne suis pas seul à venir. Les rares objets ne sont jamais exactement comme je les ai laissés. Certains disparaissent d'une fois sur l'autre. Des tisons, des bocaux de pigments, un châssis, un chevalet se sont fait la malle au fil des ans. Je ne touche à rien, à part aux murs. Je m'apaise en travaillant et finis toujours par me sentir à ma place. En cet après-midi d'avril 2018, je représente un coin de plafond et de verrière où s'insinue un lierre. C'est long, il faut frotter le mur avec insistance pour qu'il exprime une pâte suffisamment foncée. J'aime les peintures denses, j'ai la phobie du lavasse.

Depuis quelques minutes, je n'arrive pas à élucider une sensation de déjà-vu. Les circonstances d'aujourd'hui devraient me rappeler tout bonnement ce que j'ai vécu au même endroit les années précédentes mais ce n'est pas ça. C'est autre chose, ailleurs. Je regarde bien alentour, je rembobine les pensées qui m'ont mené à cette énigme. Je ne trouve pas. Aussi longtemps que je peins, la solution m'échappe. C'est quand je me lève, douche mon pinceau sous ma bouteille d'eau et l'essuie avec un chiffon que l'évidence surgit : il y a deux ans, jour pour jour, heure pour heure, j'étais dans l'atelier de Mike à Santa Fe. La lumière glissait sur le mur, comme ici. Je revois le rectangle de lumière à Minneapolis, au-dessus de sa tête, après son dernier dessin, six ans auparavant. J'entends sa pirouette au moment de nous quitter : « On se voit à Santa Fe » et ma réponse mélodramatique : « Jamais de dessin sans toi. » Bien sûr que si, des dessins sans toi. Des masses de dessins sans toi. L'oubli de toi. Les serments ne sont pas tenables, en pensée, par action ou par omission. Ce n'est pas pour ça qu'il ne faut pas les faire. On ment, de toute façon, comme on respire.

Régulièrement, tout de même, ta présence. Des dessins avec toi. En Italie, par exemple, deux fois très prenantes que je peux raconter comme si j'y étais : un soir d'hiver dans la campagne du Val d'Orcia, au sud de la Toscane, au bord d'un cours d'eau où se reflètent les pierres qui en émergent et le ciel. Je suis assis sur une de ces pierres, la rivière file de part et d'autre. Tu es là depuis un moment sans que j'aie fait d'effort pour te convoquer ni n'en fasse pour te garder. Nous avons un long coude-à-coude pendant le croquis. J'arrive à te passer le crayon. J'échange ton esprit et tes yeux avec les miens. C'est comme si je me décalottais le crâne, en extrayais ma cervelle, la trempais dans la rivière et lui substituais la tienne. Pendant un certain temps, j'abandonne mes réflexes, mes tics. Je ne porte pas le même jugement sur mes traits et mes couleurs. Le croquis gagne considérablement en intérêt. Quelques minutes après, quand je récupère ma cervelle, elle est fraîche et bien lavée.

Tu ne quittes pas mes pensées sur le chemin du retour. Je ne peux pas faire autrement que de te voir. Tu t'absentes de courts instants quand la beauté de cette campagne se concentre dans une scène furtive. Là, c'est triste. Tu reviens et demeures quand la beauté est large, enveloppante et qu'elle dure de longues minutes sans se modifier. Là, c'est agréable. J'ai le temps de me réjouir pour deux.

Un jour de grande chaleur à Rome, fin septembre 2013, je te vois aussi dans un escalier proche de la Fontana dell'Acqua Paola. Je suis en train de faire un monotype sur une pierre avec une craie noire au pigment de gouache. Ça consiste à dessiner directement sur la pierre, comme pour une litho, sauf que cette pierre plate est nichée dans le pavé d'une rue, le parapet d'un pont ou, comme ici, dans la rampe d'un escalier. Quand j'ai fini mon dessin, je l'humecte avec un vaporisateur (j'en profite pour m'en coller une ripée). Tant que le dessin est mouillé, j'applique mon carnet dessus et il se décalque. Si j'ai bien humecté ma pierre, ni trop ni trop peu, les accidents de sa surface restent lisibles sur le monotype. Deux averses suffisent à dissoudre entièrement mon graffiti.

Une volée de marches en contrebas est l'église San Pietro in Montorio où débute la *Vie de Henry Brulard*, de Stendhal. Stendhal, en octobre 1832, allait avoir cinquante ans et était à Rome. Je suis à Rome et je vais avoir cinquante ans. Cette petite coïncidence vaut bien un monotype. « Un léger vent de sirocco à peine sensible faisait flotter quelques petits nuages blancs au-dessus du mont Albano, une chaleur délicieuse régnait dans l'air, j'étais heureux de vivre. » Les dessins à la plume qui émaillent la *Vie de Henry Brulard*, uniquement destinés à fixer des emplacements dans la mémoire, sont tous attendrissants. Si j'avais une tête à porter des t-shirts à motifs, je m'en ferais des t-shirts avec motifs devant et derrière.

C'est là que tu parais. Au nom de quelle association d'idées ? Peut-être grâce à la pierre. Tu n'es pas un fantôme flottant et détaché de l'environnement. Tu as l'air d'un touriste habillé comme tu devais l'être pour ce genre de journées caniculaires. Un sac à dos maçonné aux omoplates par la transpiration. Un logement dans lequel est nichée une petite bouteille de jus de fruits. La casquette que tu portais aux Arènes de Lutèce. Un visage souriant, transpirant et bronzé. Un polo noir, des bermudas clairs. Tu regardes la ville d'est en ouest et tournes la tête vers moi. C'est au moment où nos yeux se croisent qu'à peine apparu, BZT ! tu t'en vas.

Je n'ai pas avalé de n'avoir jamais voyagé et dessiné avec toi sur le motif. Toi, tu es tranquille, incapable du moindre reproche. Ce n'est pas ton truc d'alimenter les remords. Tu ne viens pas me tarauder. Tu viens juste lancer un coup d'œil réjoui qui signifie : « C'est superbe, ici. »

J'en profite pour te dire un mot : dans ma frustration de t'avoir perdu si rapidement, il n'entre aucune volonté de réparer quoi que ce soit. On n'a rien cassé, il n'y a rien à réparer. Je me reproche simplement d'avoir cru que tu étais au début octobre de ta vie quand tu avais déjà dépassé la mi-décembre. Il ne faut être nonchalant en amitié avec personne, surtout pas avec quelqu'un qu'on rencontre à la soixantaine ou au-delà. On doit faire turbiner les sentiments à plein régime. Je le savais mais l'amitié n'a que faire des « il faut » et des « on doit ». On a eu l'amitié qu'on a eue. Lacunaire et bonne. Pour des raisons de tempérament et peut-être aussi d'âge, tu étais le plus entreprenant. Tu formulais des propositions plus concrètes et plus pressantes. Je n'y ai répondu qu'in extremis. Pas trop tard mais terriblement tard. On a été mis en demeure d'éprouver beaucoup de sentiments en quelques heures, d'où ce goût d'inachevé que je trimballe. Ma mémoire retourne auprès de toi sans me demander mon avis. Elle rejoue l'échange. Cet échange ressemble à certaines conversations à deux qu'on a dehors, l'été. Les confidences nous maintiennent côte à côte sur des chaises au-delà de l'heure de se séparer. La nuit tombe, la fraîcheur avec, on frissonne mais on n'a pas envie d'aller se coucher. Ce qu'on dit prend un tour très personnel. L'un des deux se met à monologuer. Moi, mettons. Du temps passe. La nuit est si noire que je ne sais pas si tu écoutes, si tu es endormi, ni même si tu es encore là. Je ne romps pas tout de suite cette incertitude en demandant : « Tu es là ? » ou « Tu dors ? ». Ce sont de vaines questions à poser à un vivant, a fortiori à un mort. J'en profite pour chuchoter des choses que je ne dirais pas en plein jour. Si tu écoutes, n'entends pas et t'y intéresses, tu me demanderas de parler plus fort. Si tu n'es pas là, peu importe. Si tu dors, je ne te réveillerai pas.

Stendhal a beau convoquer Tite-Live et *La Transfiguration* de Raphaël à la première page de la *Vie de Henry Brulard*, il en vient sans tarder aux sujets qui priment tous les autres : les femmes aimées qu'il n'a pas eues et les amis qu'il a perdus. Qu'est-ce qu'on voit, à cinquante berges, planté devant n'importe quel panorama, sinon les amours mal vécues et le visage des morts ? Cette petite foule ne bouche pas la vue, puisqu'on est *heureux de vivre*, mais elle est toujours là. « Qui se souvient de Lambert aujourd'hui, autre que le cœur de son ami ! J'irai plus loin, qui se souvient d'Alexandrine, morte en janvier 1815, il y a vingt ans ? Qui se souvient de Métilde, morte en 1825 ? Ne sont-elles pas à moi, moi qui les aime mieux que tout le reste du monde ? Moi qui pense passionnément à elles, dix fois la semaine, et souvent deux heures de suite ? »

C'est le moment de vaporiser ma pierre. L'escalier, un grand cyprès, les murs, les immeubles en contrebas, les toits plus lointains d'où émergent les dômes des églises et le monument à Victor-Emmanuel II, j'ai mis en trois bons quarts d'heure tout ce que je pouvais dans un format qui n'excède pas celui des feuilles sur lesquelles je veux reporter le dessin. Je sors mon pschit-pschit et j'arrose. Je presse mes papiers. Je les soulève. Premier fiasco. Un dessin pratiquement intact sur la pierre, des taches informes sur les feuilles. Je recommence. Deuxième fiasco. Il achève de me décevoir mais ne me surprend pas. Quand je n'obtiens pas de résultat du premier coup, c'est que la pierre a une surface et une nature qui accaparent les pigments de gouache. Elle n'est pas amoureuse, comme on dit en impression. C'est tout un art de reconnaître l'amour quand on ne peut spéculer que sur des apparences. Stendhal a aussi écrit là-dessus. Tant pis. J'ai voulu croire que ton apparition était annonciatrice d'un bon dessin, elle confirmait seulement que je ne t'oublie pas.

*

Cinq ans et demi après, je repasse par cet escalier à l'embranchement de la Via Garibaldi et de la Passeggiata del Gianicolo pour constater que le dessin matriciel, qui d'ordinaire s'efface sitôt fait, est toujours là. Il a tenu le coup. La pierre l'a comme imprimé. Le grand cyprès noir est encore visible, l'immeuble blanc, le profil du monument national à Victor-Emmanuel II. Tout ça corrodé par les intempéries et beaucoup plus beau que ce que j'aurais pu obtenir sur papier. Je remarque un détail qui ne m'avait pas sauté aux yeux, bien que je l'aie dessiné, c'est que dans l'immeuble blanc sont deux fenêtres en hémicycle.

BIBLIOGRAPHIE

Ouvrages de l'auteur mentionnés dans le texte :

LA GUERRE D'ALAN, L'ENFANCE D'ALAN, MARTHA ET ALAN, L'Association, 2000-2016.

LE PHOTOGRAPHE, Aire libre, Dupuis, 2003-2006.

Livres de dessins d'observation par l'auteur (2001-2020) :

LA CAMPAGNE À LA MER, Futuropolis.

LE PAVÉ DE PARIS, Aire libre, Dupuis.

JAPONAIS, Futuropolis.

ITALIA, Aire libre, Dupuis.

LÉGENDES, DESSINER DANS LES MUSÉES, Aire libre, Dupuis.

Le livre de Mike :

DRAW – QUOTIDIAN LINES, Michael James Plautz, Octane Press, 2011.

DANS LA MÊME COLLECTION

LE DISCOURS, Fabrice Caro, 2018.

LE JOUR OÙ LA DURANCE, Marion Muller-Colard, 2018.

APRÈS CONSTANTINOPLE, Sophie Van der Linden, 2019.

LA DISSONANTE, Clément Rossi, 2019.

WANTED LOUISE, Marion Muller-Colard, 2020.

BROADWAY, Fabrice Caro, 2020.

FIN DE SAISON, Thomas Vinau, 2020.

Éditorial : Gaëlle Flament
Direction artistique : Anne Lagarrigue
Graphisme : Pascal Guédin

Ouvrage composé en Mencken (Typofonderie) et Replica (Lineto)
par IGS-CP à L'Isle-d'Espagnac (16).
Achevé d'imprimer sur Roto-Page
par l'Imprimerie Floch à Mayenne,
en décembre 2020.
Dépôt légal : décembre 2020
Numéro d'imprimeur : 97271

ISBN : 978-2-07-283052-5 / Imprimé en France

344624